LES CARACTÈRES

LISON DANIEL

LES CARACTÈRES

BERNARD GRASSET
PARIS

Photo de la bande : Audoin Desforges / Pasco&Co.

ISBN 978-2-246-83242-3

À Benjamin et Nina
À Laura, avec qui tout a commencé

Gaëtan

(un cours de théâtre)

Ok, merci, ça suffit, on arrête le massacre. Attends, Maxence, reconvoque-toi s'il te plaît.

« Je demeurrrais longtemps errrrrant dans Césarrrrée »… Y'a rien qui t'interroge sur la rythmique ? Ceux qui ont suivi le module Racine avec moi, rien ? Ouiii merci ! « Je demeurais / longtemps / errant / dans Césarée » : 4/2/2/4, merci Samia, je commençais à avoir peur là, sincèrement. Ce vers, il te raconte l'enfermement, Maxence : Antiochus il est enfermé dans son amour pour Bérénice, c'est pas moi qui le dis, c'est juste un grand poète en fait.

Donc, merci Juliette, tu peux te rasseoir. Maxence, exercice : tu te mets à jardin ? Jardin ! Merci.

Tu es dans une boîte, tu es le roi de Commagène et tu es dans une boîte, une petite boîte, une toute petite boîte dans le désert d'Orient, d'accord ? Fais-moi une boule, une boule, une boule, une boule, une boule, voiiiilà, une boule ouiii ! Mais tu ne peux pas sortir, c'est petit, c'est étroit, tu es empêché, tu es entravé, tu es contraint, OUI OUI, tes coudes Maxence !

Ne me le commente pas, ne me le montre pas. La boîte se resserre, c'est ton cercueil, c'est ton suaire, cet amour. Maintenant TEXTE TEXTE TEXTE ! OUIIIII OUII. VOILÀÀÀ !

Est-ce que tu comprends ce qui vient de se passer ? Pardon, tu respires mal ? Tu veux dire comme quelqu'un qui ne serait pas aimé en retour ? Voilà Maxence...

Marina/Candra

Namasté... Remerciez-vous pour le temps que vous avez consacré à votre pratique et à votre intériorité. Hydratez-vous. Et belle journée. Au revoir. Au revoir.

Oui Delphine, dis-moi. C'est Sirsasana qui te pose problème ? Tu as peur de monter sur la tête, oui... Je comprends. Tu sais, toute la symbolique de la contre-posture de Sirsasana c'est de changer de point de vue, de se mettre la tête à l'envers. C'est pas rien pour le corps. Si tu ne te sens pas aujourd'hui d'aller chercher Sirsasana, c'est peut-être que quelque chose en toi résiste au changement, tu vois ? Trouve ce que c'est d'abord, et n'impose pas ton ego à ton corps. Moi, y'a une phrase qui m'aide beaucoup, c'est « Ne préfère pas la réussite à ce que tu fais ». C'est pas moi, hein, qui le dis, c'est Krishnamurti. Mais c'est ça, le yoga. C'est trouver l'équilibre, tu vois ?

Après pour la technique, il suffit de mettre tes bras en triangle, à la largeur de tes avant-bras, tu poses le vertex perpendiculaire sur le sol, 20 % du poids sur la tête et 80 % dans les bras. Je te montre. Engage les trois bandhas, tends les jambes, contracte les fessiers, relâche la mâchoire, respire très profondément, et tu montes. D'accord, Delphine ?

Ça va meuf ? J'suis au taff, je me fais siii chier, c'est un enfer. Ah bon, t'es chez toi ? Mais t'es malade ? Ah les grèves… C'est vrai que t'es en banlieue toi. Mais c'est si chiant que ça ? J'sais pas meuf, j'vis dans le 3, j'bosse dans le 4, comment te dire en fait à quel point je m'en branle. HAHAHAHA j'avoue, je suis honteuse, ça se fait pas de dire ça. Les pauvres gens.

Ben ce matin, j'ai répondu à des mails, après j'ai fait genre semblant de faire des recherches pour ma n+1, après… Ah ! J'ai bouffé avec Chloé ! Ouais ça va… Elle était moche ! À chaque fois je me dis ça en hiver, elle est moche Chloé. T'sais, on dirait qu'elle dort sous son lit et pas dans son lit, tu vois ou pas ce que je veux dire ? HAHAHA, j'ai envie de lui dire « Meuf le Point soleil et les brosses à cheveux, ça existe en fait, juste pour info ». Et après bah rien, je me faisais chier donc je t'appelle. Ah tiens ! Tu veux pas faire une fish pédicure avec moi à 17 heures ? Ah oui c'est vrai, la grève… Oh ça va meuf, t'es monocentrée sur tes petits problèmes là ! Arrête, fais gaffe, on dirait ta mère.

Bon allez, je bouge, j'ai des trucs à faire. Bisouuuuu.

Julien

(il danse en boîte de nuit)

Putain sérieux, qui mieux que nous là ? Oh Laeti ! Ton cocktail il fracasse il est mythique ! Vraiment hein ! Bravo !

Frère, j'voudrais te proposer un truc, mais c'est confidentiel, j'peux te faire confiance ? Ouais, c'est business. En fait jt'explique, j'ai fait des recherches, et en gros dans deux ans y'a un truc qui va exploser, tout le monde il va parler que de ça ; ça s'appelle la data. Tu vois ce que c'est ?

En gros c'est des informations, mais d'Internet. Des informations genre euhhh, qui fait quoi qui mange quoi eeuuuhh, mes couilles euuh… Des informations ! D'abord faut les obtenir, mais bon ça, ça va et après tu les monétises, mais très, très cher. En gros t'y as la data t'y es le roi, voilà.

Mais faut qu'on soit les premiers sur le coup, tu vois ce que je veux dire. Sinon ça sert à rien.

Laeti, tu me remets la même chose steuplaît ? *(il lui fait un clin d'œil)*

Quoi « concrètement comment on fait ? », pourquoi tu prends la tête direct ? T'sais quoi, moi j'te donne l'opportunité d'être riche, ça t'intéresse pas, va te laver le cul ok ?

Astrid

(à l'antenne, d'une voix maniérée) « Le Je que nous sommes, le Nous que je suis »... Cette réflexion hégélienne, Melis Aydin aurait pu en être l'auteure. Aussi loin que je m'en souvienne et depuis que je suis littérairement active, Melis a toujours fait partie de ma vie. Elle a décrit les regrets de mon enfance, les tourments de ma jeunesse, et mes tergiversations de jeune

femme. Des conjonctures assourdissantes et des ellipses évocatrices qui n'ont jamais cessé de résonner en moi. Mais avant d'aller plus avant, écoutons avec elle *Shilela* de Hailu Mergia.

(hors antenne) Bon Melis, super. Juste je sais pas si on t'a prévenue, mais moi j'ai l'habitude de bousculer un peu mes invités pour provoquer l'émotion, donc s'il y a quelque chose que tu veux pas évoquer, genre la mort de ta mère, faut me le dire. Ta boulimie, c'est délicat ? Non, au contraire, tu fais bien de me dire. Non, non, tu fais bien de me dire. On s'y remet.

(à l'antenne, même voix minaudée) C'est l'imposante, la pulpeuse, l'adipeuse Melis Aydin qui nous accompagne ce soir. Melis, vous me parliez pendant la chanson de vos troubles alimentaires. Où en êtes-vous de votre rapport à votre corps ?

(sur le divan) Et l'associé de Bruno est venu dîner avec sa femme. Ce qui est bien avec eux, c'est qu'au moins on sait que ça va finir tôt. J'avais fait des pâtes *alle vongole*, j'adore ça. Et ça a fini tôt... *(elle glousse)* Non je ris à cause des pâtes. Parce que... ça me fait penser... Vous n'êtes peut-être pas là pour ça...

Je vais vous en parler quand même, parce que ça me trotte...

Dans ma rue, il y a un traiteur italien qui a ouvert, tenu par Livio, un Piémontais. Et... c'est bête...

Ça a commencé par des gestes commerçants, puis des gestes tout court. Il met le lard de Colonnata directement dans ma bouche, il me fait des clins d'œil. Et quand je prononce mal un mot, il prend mon visage entre ses deux mains, et il dit « Non Adélaïde, *pol-pet-te* ! ».

Et moi, je...

Depuis, on mange de la burrata quatre fois par semaine, Bruno a pris huit kilos, ce qui n'arrange rien à mon affaire, j'apprends l'italien et je remets du rouge à lèvres. Donc, à la fois c'est un coup de fouet, et en même temps quand je pense au fait qu'il a sûrement d'autres clientes, je… C'est un vertige. *Vertigini.*

Annick

Alors, Delphine, vous voulez savoir si votre compagnon est digne de confiance, mais vous ne connaissez pas son ascendant, hein ? Il est né plutôt le matin, dites-vous ? Vous avez une photo ? Il est bel homme hein ! Le grand sourire… Alors on voit bien là, l'ossature est pesante, le nez est busqué. Ah si ! Vous voyez, la courbure de l'arête est plutôt convexe hein ! Il a le pied large ? D'accord, alors c'est ça. C'est un ascendant Sagittaire, hein, sans aucun doute.

Bon, je ne vous rendrais pas service en vous racontant des salades, hein. Il va partir. Oui.

Dans l'année, peut-être juin, juillet 2021 hein, oui. Bon.

Oui, mais vous êtes une jupitérienne vous, hein, nous n'avez pas, à mon sens, comment dirais-je, le « punchy » dont il a besoin. C'est comme ça, oui…

Écoutez, je me permets parce que je suis aussi médium, hein, et parfois ça me vient. Vous n'avez pas un ancêtre qui faisait de l'accordéon dans le Massif central ? Ça ne vous dit rien ? Non c'est parce qu'il est passé derrière vous là à l'instant. Bon.

Ils ont des choses à nous dire hein, les ancêtres, alors cherchez quand même dans votre généalogie, ça peut être intéressant. Et puis vous aurez le temps !

Becky

Hey, c'est pour le déjeuner ? Ok… C'est pas un problème partager les tables ? *Ok great, so* peut-être au fond avec la dame bouclée et l'écharpe rouge, on peut faire de la place je pense.

Kate, can you make some space over there ? Ok great thank you !

Vous me suivez après vous ? Alors, je reste un soupe de cresson-matcha. *What ? Crap*, le monsieur vient de prendre le dernière soupe… Oh, j'ai le *cabbage* taboulé avec gingembre, algue rouge, griffe de chat… Griffe de chat ? C'est un liane qui vient de Pérou, au début c'est très concentré, très amer, mais après on s'habitue. C'est super pour le système immunitaire.

Hey Peter ! How's everything ? No, I'm fine, come on it's just a cold…

Pour dessert, j'ai fait une cake au cacao cru, mais on a cassé le four à cause de panne d'électricité et on peut pas cuire le gâteau. Alors j'ai goûté le pâte tout à l'heure sans cuisson, j'ai trouvé très bon. Vous voulez ? Ok cool !

Soooo, 47,50 s'il vous plaît. Ahhh je suis désolée, la machine à carte fonctionne pas aujourd'hui. Mais y'a un tirette à même pas dix minutes.

D'accord. Alors, si je résume votre rêve Juliette, c'est cette pop star, rappelez-moi son nom ? Rihanna, d'accord, qui s'adresse à vous pour vous demander de retrouver les oiseaux, hein ? Bien. Alors, là, vous êtes face à un dilemme, hein, faire plaisir à Rihanna, ou déguster la moussaka qui vous tenait tant à cœur. Mais la décision est empêchée par un petit homme armé de deux pelles à moules, et l'histoire se solde par la fête de la sangria à Alcatraz. Hein… D'accord.

Alors, pour moi si vous voulez, je retrouve distinctement les indices d'un conflit intérieur, hein. Entre ce qu'on attend de vous, ça c'est Rihanna et les oiseaux, et ce que vous voulez vraiment, ça c'est la moussaka. Ce conflit, d'ailleurs, vous l'avez matérialisé : ce sont les deux pelles à moules. Et je ne crois pas me tromper quand je dis que les pelles à moules vous paralysent, hein ? Elles vous empêchent d'avancer et vous donnent l'impression d'être enfermée. Comme à Alcatraz, d'ailleurs. Alors pourquoi ne pas vous réconcilier avec vos envies profondes ? Mangez-la, cette moussaka, Juliette. D'accord ?

Julien

Ange, Ange, Ange, tu leur as déjà apporté l'addition, c'est pour la table d'à côté. Et sers-leur les plats en même temps aussi, hein !? 'Tain t'y es un fatigué toi, tu t'es réveillé les couilles à l'envers ou quoi ?

Excusez-moi les filles, qu'est-ce que je vous sers, vous avez choisi ? Alors, aujourd'hui on a un ceviche de loup avec sa sauce aux agrumes, un poulet snacké sauce chimichurri, une salade niçoise et une bavette à l'échalote qu'on a reçue ce matin qui est excellente.

Jt'amène ça de suite. Des boissons ? Allez, on fait comme ça.

Ange ! La con de ta grand-mère, faut que je te le répète combien de fois ? Dès qu'y a un client qui part, tu dresses la table DE

SUITE. 'Tain mais qué branquignolle, c'est pas possible.

Dis-moi ma belle, jt'écoute. C'est pas assez cuit ? Tu veux j'te la ramène en cuisine ? Il te fait un aller-retour en deux-deux hein… Ouais ? Allez, pas de souci, nan, nan pas de souci, j'te le fais, j'te le fais. ANGE ! Tu me ramènes l'échalote de la 22, la bavette ?

Ben ça va ma chérie ça s'est bien passé, au final. C'était bien cuit ? Bah nickel.

Je vous mets deux allongés, et je vous mets une petite mousse au chocolat. Si, ça me fait plaisir. C'est moi qui l'ai faite ce matin, je voudrais que tu goûtes. C'est la recette de ma maman eeeh tu peux pas dire non ! Allez, ça marche !

Jérôme

J'te vois arriver avec ta mine déconfite, Jean-Benoît. Ça, je prends pas. On est dans des conditions réelles de rendez-vous. *You fake it until you make it*. Donc tu ressors et tu reviens avec la patate.

L'idée là, c'est d'arriver avec une question banale du type « Tu n'as pas eu trop de mal à trouver ? ». Comme ça, tu te poses directement comme quelqu'un qui fait attention à l'autre. Tu cherches chez elle des signes de stress, parce que qui dit stress dit intérêt. Les mains qui tremblent, je me touche les cheveux, un écartement pupillaire important.

Jean-Benoît, si à un moment tu sèches, tu peux évoquer : 1) les voyages, 2) les séries télé, 3) l'enfance, sauf si elle a été difficile, et c'est là que ton écoute va entrer en jeu.

J-B, J-B, J-B, le body langage, c'est hyper important, qu'est-ce que tu me fais, là ? J'te jure tu me fais peur. La vie de ma mère, tu me fais peur. Voilà, les bras écartés… Mâle alpha.

Maintenant, tu m'écoutes bien, si le rendez-vous se passe bien, tu utilises ce que j'appelle la « distorsion temporelle », c'est-à-dire que tu la fais promener dans le futur avec toi, et tu lui fais entrevoir ce que peut être la vie à tes côtés.

Arrête de stresser ! C'est peut-être pas ce soir que tu vas perdre ta virginité, mais quoi qu'il arrive, *smile*, bon joueur… ok ?

Christelle

Alors, c'est Madame Husson c'est ça ? Mi-jambes, maillot, aisselles. Super ! On ne se connaît pas nous ? Bon bah, enchantée, bienvenue ! Vous me suivez en cabine ? Allez.

Et alors, qu'est-ce que vous faites dans la vie ? *(elle tire une bande de cire)* Soufflez. Écrivain ?! Eh ben ! Sur Marseille ? *(scratch)* Et vous avez toujours voulu faire ça ? Moi je sais pas si j'aurais pu, quelque chose d'aussi… solitaire, comme ça. Mais ça doit être très, très passionnant non ? Eh ouais.

(elle souffle sur la cire) Elle est encore un peu chaude… Ouais moi j'ai toujours voulu être dans l'esthétique. Ben ça s'explique pas, c'est les passions, c'est comme vous, on peut

pas dire. *(scratch)* Soufflez. Mais le contact avec les gens, tout ce qui touche au bien-être, ça c'est depuis toute petite... Et puis, je sais pas, faire du bien aux autres *(scratch)*, qu'ils arrivent tout stressés à l'institut et qu'ils ressortent détendus et qu'ils sentent bon, pour moi c'est le plus beau des cadeaux quoi, là je me dis je fais vraiment un beau métier, quoi *(scratch)*. Hop là. Ah ! C'est un poil incarné, ça. Faudra bien gommer, hein, pour la prochaine fois.

Gaëtan

Ok, alors on commence à évoluer dans l'espace, on occupe le plateau au maximum, on est disponible – déverrouille tes genoux, Victor –, et on relâche les maxillaires on bâille Ouaaaaaaaaaaah. Super, on n'a pas peur, on est en expression dramatique. À titre de précision, je vous rappelle que je suis comédien professionnel, hein, je suis pas professeur, j'ai pas vocation à l'être. Donc ce que je vous apporte, moi, ce sont mes outils que j'ai développés, ma petite tambouille intérieure, d'accord ? Mais j'ai pas la réponse à tout.

Super, continuez de marcher… Louise, maintenant tu es dirigée par ton épaule gauche. Fadila, tu es impératrice et tu pèses sept cent cinquante kilos, Dylan tu es un bébé cochon et tu marches dans la mousse, Fabien, tu es chirurgien et tu viens d'enlever le mauvais rein. Pardon Dylan ? Utilise bien tes dentales. À quoi ça sert ? Alors juste à vous rendre disponible en fait, et à vous permettre de jouer n'importe quelle émotion à n'importe quel moment. Juste à être acteur quoi. Pour qu'en fait quand il faut, quand on te demande, tu puisses… « *ICI TOUJOURS est l'odeur du sang : tous les parfums de l'Arabie n'adouciraient pas cette petite main. Oh !* »

Ça, par exemple, c'était Lady Macbeth. Voilà. Ça sert à ça Dylan.

Julien

(au sauna, il se mouche dans ses mains)

Mets de l'eau frère sur les pierres steuplaît, j'ai pas assez chaud là. Pfouu ah là c'est bien. J'transpire l'alcool frère… Scandaleux.

Le restaurant ? Ça marche très, très bien. Très, très bien. J'te remercie. Là, j'pense à monter une nouvelle affaire. J'me suis dit : ok, tu te concentres. Qu'est-ce qui rapporte de l'argent ? La restauration, ok… La start-up ! Tu les vois hein les mecs de la Silicon Valley hein, c'est pas un secret, ils ont quinze ans, c'est des multimilliardaires, parce que ben… start-up ! Les gars, ils ont pas non plus réinventé la roue stu veux : on like, on met des photos, on partage… Ça va ! Après ouais, il faut des développeurs.

Tu dis quoi ? Les gens maintenant ils fument de moins en moins. Ils font quoi ? La tendance, c'est qu'ils vapotent. Moi – tu en parles pas, hein ? Tu dis rien – je vais créer une application de livraison à domicile de euh… l'huile heuu… pour euh… vapoter.

Ça va cartonner frère. Cherche même pas ça va cartonner.

Putain je transpire même des couilles là, on sort nan ?

Séverine

(elle tape sur le clavier de son ordinateur, le téléphone sonne) Société Durand bonjour. Allô ? Ah… *(elle s'est trompée d'appareil)* Société Durand bonjour. Il n'est pas là. Je peux laisser un message ? D'accord. Bonne journée… Pardon, je n'avais pas raccroché ! Bonne journée !

C'était quoi le message à laisser ? Argh… Sandrine, excuse-moi, un court instant. Est-ce que tu pourrais me dire à quoi correspondent les « actifs circulants » sur le tableau dynamique ? Je t'avoue que je suis un petit peu perdue, là. Tu pars déjeuner ? Je comprends… je comprends.

Mais ça n'a aucun sens !

(le téléphone sonne) Tableau dynamique bonjour. Oui je vous le passe.

(à une collègue) Tu aurais une calculatrice s'il te plaît ?

(le téléphone sonne) Société Durand bonjour ! Mais je ne sais pas, JE NE SAIS PAS !!! *(en sanglots)*

Yvan

Cet endroit vous plaît ? C'est un patient qui m'en a parlé. Je trouve que les bars des hôtels ont quelque chose de suranné et de charmant, n'est-ce pas ? Je n'ai pas beaucoup l'habitude des applications de rencontres. J'ai toujours eu la conviction stupide que ce n'était pas fait pour moi. Et puis, je suis très pris par mon travail. Finalement, les réseaux sociaux ont du bon…

(il s'adresse au serveur) Je vais vous prendre un whisky avec une larme de Perrier, single malt. Merci beaucoup.

Pardonnez-moi, c'est stupide, j'ai un peu le trac. Ça fait longtemps que vous travaillez dans l'édition ? D'accord. Mais vous n'avez jamais eu envie d'écrire vous-même ? Qu'est-ce qui vous en empêche ? D'accord, le sentiment d'imposture, alors. Ce sont des schémas mentaux douloureux que vous vous imposez, Sylvie. Ce serait peut-être intéressant de voir d'où ils viennent, qu'est-ce que vous en pensez ?

Oh vous avez raison, je suis complètement incorrigible, excusez-moi, c'est une déformation professionnelle affreuse. Vous me pardonnez si je vous invite à dîner la semaine prochaine ?

Rebecca

Ça va meuf ? Non je suis pas allée au boulot ce matin, j'avais trop la flemme. Je pense je vais faire un burn-out genre. Du coup, y'a ma masseuse qui vient après. Non mais c'est ma boss, elle me rend ouf. Genre je dois rendre des trucs avec des deadlines, elle est là en mode « attention aux fautes d'orthographe, Rebecca ! ». Je suis là genre mais on est en 2021, il serait temps de faire des notes vocales en fait. Tu vois ou pas ? Non mais t'sais c'est trop une bouffonne. Elle me fait trop de peine. À midi genre elle mange seule avec UN LIVRE. C'est chaud en fait. Je te jure, genre des pamphlets là ou j'sais pas quoi elle lit… Et elle kiffe genre les chants d'opéra là. Ah mais comme il doit trop se faire chier son mec ! Ouais ou alors il est comme elle, genre « tutututu » HAHAHA…

C'est possible de limer carré plutôt ? Merci.

Non, c'est ma pédicure à domicile. Et elle connaissait pas Anthony des Princes de l'amour.

J'étais là « mais t'es sur quelle planète en fait » ? Non, la masseuse, c'est après.

On se ferait pas un hammam ce soir ? Ok, tu me dis. Bon je te laisse, on passe à la manucure. C'était trop cool de te parler. Bisoouuuus.

Becky

Je suis trop content qu'on a réussi à avoir un rendez-vous. Ouais, j'aime toute à Paris, mais l'administration c'est pfff *(fait semblant de se tirer une balle dans la tête).* Je suis dans une colocation trop bien, tu sais c'est toute la maison du bonheur, tout le monde a le même vibe, y'a des végétations partout... Et je vais pas quitter, j'adore.

Tu sais Paul, c'est un peu *cheesy*, mais t'es vraiment le premier garçon français avec qui j'ai vraiment un connexion. Quand on a parlé toutes les deux, j'ai eu la sensation qu'on avait comme quelque chose très fort, comme si on était un peu pareil... Voilà.

Je connaissais pas cette restaurant, ça fait comme très français-français. J'aime beaucoup. So… je comprends rien de la carte. C'est quoi « andouillette AAAAA » ? *What ?!* Ah non, je veux pas, non ! Et « cervelle » ? *Oh god no !* Bon alors et « tripes à la mode de Caen » ? *No shit ! Oh fuck, you guys are savages !* Tu as pas regardé qui je suis en fait ?! Mon restaurant il s'appelle « Courgette », Paul ! Ça a pas fait révélation dans ton tête ? *I'm sorry, I feel like…* Nous deux c'est pas possible en fait ! *Ffuck.*

Marie-Claire

Bon eh ça va là, vous descendez des tables ! Lucas ! Personne ne traite la mère de personne ! Vous avez mangé du lion ou quoi ? Non mais c'est dingue ! En plus vous êtes enquiquinants parce que j'avais une surprise. Oui, une autre biographie, oui un autre rap, oui… En plus, j'ai un peu travaillé mon vocabulaire de la street.

Bon allez, ok, faites du bruit, et Sasha, tu me fais un bon beatbox de bâtard.

Salut pour moi y'a R, mon nom c'est Baudelaire
Tourné vers l'classicisme, nourri de romantisme.
Un seul mot d'ordre pour moi, ouais c'est le symbolisme.
J'suis le plus grand poète du siècle dernier,
C'est pas vos rappeurs tout pétés qui vont me concurrencer
Booba Kaaris m'arrivent pas à mi-cuisse.
Eh non j'ai pas de fils, j'suis mort d'la syphilis
Allez bien tous niquer vos mères, pour moi y'a R c'est moi Baudelaire,

Pardon je me suis lâchée là hihihi... Oui bon on se calme ça suffit. J'y ai plutôt pris goût là. Bon allez, Lucas tu viens au tableau et tu m'indiques tous les vers qui étaient en alexandrins. C'est pas parce qu'on rigole qu'on ne doit pas apprendre.

Vous me dites hein pour la température ! Soufflez ! *(elle tire une bande de cire)* On avance aussi sur les pieds ? Y'a des petits coquins qui nous embêtent… Allez, soyons fous, la totale ! Ouais ce virus… Soufflez ! *(scratch)* Moi au début je disais à mon amoureux, c'est comme un rhume hein, c'est pas grave… Et bon, en fait, c'est grave quoi. Puis pour le commerce c'est super compliqué, pour tout le monde ! Le salon : trois fois moins de clients hier. Bah oui, les gens quand ils ont peur de mourir, ils ne viennent pas se faire faire le ticket de métro, ma foi. C'est normal. Les gens ils sont réalistes… Ils mouriront poilus ! Non je plaisante. Soufflez ! *(scratch)* Allez, on passe sur le ventre, on fait le 360. C'est fou ça, ça a vraiment poussé sur les mollets ! C'est bien, je suis contente, enfin une bonne nouvelle.

On a des masques chirurgicaux là dans les réserves pour faire l'onglerie et le microneedling. J'ai dit à ma collègue : « Garde-les bien précieusement, on va les revendre sur

Amazon, on va se faire une fortune ! » Allez *(scratch)*, soufflez, c'est terminé !

Adélaïde

Buongiorno Livio ! Come stai ? Bene grazie. Alors alors alors, je voulais faire de petites réserves, parce qu'on n'a pas le droit de sortir trop. On a un ami qui a été infecté, donc on doit rester confinés, avec Bruno. Donc… Six *burrata, burratE*, pardon ! *Due kili de farfalle.* Comment ? *FarfAAAlle.* C'est dur les accents toniques, j'ai vraiment du mal…

Il faudrait que vous soyez mon professeur…

Mmmh… Une douceur à me conseiller ? Oui, une boîte d'amaretti ! Le cœur est fondant vous dites ? Bah dans ce cas, deux !

Comment on dit « le cœur » ? *Il cuore.* Ok… *il cuore…*

Bon, on va pas se voir pendant quelque temps là. Quatorze jours, ça va être long. Non, je dis ça va être long… pour moi. *(pour elle-même)*

Mio cuore... Oui ! Par carte. Sans contact... sans contact.

Arrivederci Livio...

Jérôme

Ouais, est-ce que tout le monde a un retour vidéo et audio correct ? Ouais ? Ok nickel ! Bon, salut à toutes ! Vous m'avez fait confiance pour votre *summer body*, il est hors de question que je vous lâche un 16 mars d'accord ? Même en cas de quarantaine, je serai là, quoi qu'il en coûte *(il rit de sa propre blague)* d'accord ?

Les filles, comme vous n'avez pas forcément d'accessoires chez vous, j'ai prévu un enchaînement poids de corps en fractionné, qui va se concentrer sur les groupes musculaires qui vont être intéressants pour nous – à savoir : le grand fessier, vaste médial, vaste latéral, et ce qu'on appelle le long chef du triceps, d'accord ? C'est pour éviter la peau de poulet sur la plage, ok ? Allez c'est parti.

(musique en bruit de fond) Ouais nickel Émilie, jump squat TAC TAC TAC, on va chercher un beau mouvement explosif pour surprendre le muscle, yeees. Attention Samia, ajuste bien ta webcam, j'ai besoin de voir comment tu positionnes ton bassin. Ouaiiis top, ça ! On antéverse bien. Super !

Wouuh ça décrasse !

Bon super, les filles je suis fier de vous, buvez bien et surtout je vous fais confiance, responsabilisez-vous là-dessus, ne tombez pas dans le piège Netflix/canap'/Schokobons, d'accord ? Confinement but not confiture. Ok ? Allez, à jeudi…

Isabelle

Comment tu vas ? Mais oui, quelle galère, bien sûr ! Écoute, depuis la première allocution de Macron, je peux pas te dire, toute la famille est montée au créneau. Ça a été le branle-bas de combat.

Alors, Élise a pris celle de Megève, c'était plus pratique avec les chiens. Pierre-Yves a insisté comme un fou pour s'installer au Mas, j'ai dit « *Bon, ok, tu sors de ton lumbago, la Provence te fera du bien. Je me sacrifie, c'est moi qui irai à Saint-Lu* ». Mmmh, mmmh, mmmh... Écoute, moi la Côte d'Émeraude en mars, ça me fout un cafard dingue. Bah la mer est moche, la glycine est même pas en fleur. Chier quoi ! Chier !

Écoute, c'est un enfer de tous les diables. Mon poissonnier a fermé, je suis obligée d'aller jusque sur le boulevard du Sémaphore pour acheter des coquillages, qui sont d'ailleurs franchement pas terribles. Puis y'a la petite Maria qui m'a lâchée, qui doit garder ses gosses ou je ne sais quoi. J'ai dû me taper toute l'ouverture de la maison toute seule. Ouais, ouais ! Puis je trouve que c'est pas facile de pas sortir. Bah oui j'essaie quoi. Je bouquine, je me balade, je fais des puzzles, je déplace des meubles, des trucs, des machins. Oui... oui tu as raison... Comme d'habitude. C'est vrai...

Ça va meuf ? Ouais pareil, je suis en jog', mais je me suis maquillée quand même. Faut pas pousser non plus. Ouais ça va, enfin non bof en fait. Je peux t'avouer un truc ou pas et tu te fous pas de ma gueule ? Vas-y.

Hier y'avait des gens qui applaudissaient les infirmières, les docteurs et les travailleurs, etc., et depuis j'ai trop une boule dans la gorge et j'ai tout le temps envie de pleurer en fait. Bah je me dis que peut-être personne m'applaudira jamais et que le marketing tout le monde s'en branle en fait tu vois ou pas ? La vérité, c'est que s'il faut sauver le monde, je suis genre loin derrière avec les happiness managers et les tenanciers de bowling, tu vois ou pas ? HAHAHA. Ouais ou avec les gens qui collectionnent les timbres, les philharmonistes ou j'sais pas quoi… Brrref, donc voilà, j'suis en dép'. En dép' max. Ma vie n'a pas de sens en fait.

En plus normalement quand j'suis dans cet état j'vais chez Zara ou j'me fais faire du semi-permanent mais là j'ai pas d'alternative, je vais pas genre faire des origamis, t'sais.

Putaaaain j'ai des fourches sa mère la pute ! Bon, en vrai je peux me couper les fourches.

Bon meuf c'était trop bien de te parler, ça m'a fait grave du bien. On se call pour l'apéro ? Allez vas-y, bisouuuu.

Séverine

Hello Jérôme ! Sylvie n'est pas encore connectée, je crois, donc on l'attend ? Tout va bien ? Alors là, je ne t'entends pas, il faut activer le micro. Le micro ! Ah voilà, mais je ne te vois plus là… Ouh là là, on ne le voit plus. Bon…

Tu es à la campagne, j'entends les oiseaux là ? Ah oui c'est sympa. Et moi, écoute, on fait aller, la solitude commence à peser un peu je dois dire. La so-li-tude ! Ah, je te vois maintenant.

Et puis je pensais pouvoir me reposer un peu mais en fait Sylvie a posé ses congés là, donc ça fait double dose de travail.

Hello Sylvie ! Oh c'est une piscine qu'on voit derrière ? Quelle chance ! Ah tu es pressée Sylvie ? Alors je fais vite. Le bilan d'activité de la Medifap j'ai presque fini. Sur les provisions budgétaires également. Jérôme, je parle sous ton contrôle mais on est presque à jour sur le bilan provisionnel de la filière luxembourgeoise. J'ai juste absolument besoin de toi Sylvie, est-ce que tu peux me faire un petit brief pour la clôture de compte de ton client anglais ? Pour que je finisse en temps et en heure sinon ça va être compliqué. Ah… la tuile… Et le yoga ne peut pas se décaler ? Ah oui non non je comprends. Écoute, je… je… je vais me débrouiller alors. Merci Sylvie !

(elle fait des exercices d'italien) Alors, traduisez les phrases suivantes, d'accord. « Peux-tu me prendre dans tes bras ? » *Mi puoi…*

Qu'est-ce qu'il y a Bruno ? Il doit rester des palets bretons dans le placard. Dans le placard, je peux pas te dire mieux d'accord ?! Oui.

« *Mi puoi prendere tra le tue braccia.* » Tu peux baisser ta musique s'il te plaît Bruno ? Tu le vois que je suis en train de travailler mon italien ? Tu le vois ? Bon. Merci.

« Federica et Marco font un beau couple. » Federica e Marco… euh un bel couplé ? Non, *coppia* ! *Federica e Marco e una bella coppia !*

« *Baciami !* »…

Bruno ! Arrête de m'interrompre ! Arrête ! Je n'en peux plus ! Je n'en peux plus Bruno !

Je… Je sors…

Je sors ! Je vais acheter des linguine fraîches et des oignons confits !

Yvan

D'accord. Alors si je voulais résumer un peu ce que vous me dites là – vous m'entendez bien ? Hum d'accord. Cela fait une semaine que vous vivez nuit et jour avec votre mari et cela ne vous était pas arrivé depuis votre lune de miel en 2006. Entre autres choses : il ne se met plus en vêtements de ville, il se nourrit exclusivement de barres chocolatées pour adolescents, dégage une odeur corporelle quasi insoutenable, ne cesse de se plaindre de la mauvaise connexion réseau… Alors que d'autre part le monde est ravagé par une crise sanitaire sans précédent ? D'accord.

Votre colère me paraît légitime, on dit que les épreuves telles que celle que nous vivons en ce moment font parfois ressortir le meilleur de nous-même. Parfois, elles font aussi ressortir notre médiocrité la plus crasse et tous les lacaniens du monde ne pourront pas venir à bout de ce fléau. La médiocrité. La bonne nouvelle, c'est qu'il y a toutes celles et tous ceux qui à l'hôpital sont sur le pont pour nous libérer de cette épidémie et donc de cette cohabitation infernale. Pensez à eux plutôt, prenez de la hauteur. Et, quand cela sera de nouveau possible, prenez la poudre d'escampette. D'accord ? Courage.

Astrid

(à l'antenne, de sa voix maniérée) Elle était peut-être providentielle cette rupture. Une trêve dans notre frénésie dévastatrice, un moratoire dans nos élans consuméristes, un armistice dans nos empressements destructeurs. Un animal sauvage, un virus invisible, et notre monde, plein de sa suffisance conquérante, se fige. Vous l'entendez ce silence tonitruant ? C'est celui de la nature qui nous donne une leçon. Je vous propose de la voir aussi comme une dernière chance. Celle de profiter de ce temps suspendu pour laisser résonner la détermination d'un autre avenir. Créez, co-créez, vibrez, consolez, détrônez les rois du passé et faites reines en vos

cœurs l'amour, la bienveillance, le courage… Pour que demain soit autre.

Je vous laisse y songer avec *Manifesto* du prodigieux Chilly Gonzales.

(la musique démarre, elle s'adresse à son technicien) Fabrice tu commandes ? Bah double bacon potatoes ! Quoi ?! D'où ils sont fermés ? Ben je sais pas je voulais un burger donc je sais pas en fait. Oui ok bò bún ! 'Tain… Mais dis-leur de se bouger le cul, je vais me vénère sinon.

Isabelle

Comment tu vas ? Ah bah tu sais moi je suis pas compliquée, je m'adapte ! J'ai même nettoyé toute seule la gouttière côté jardin, qui est pleine de cochonneries… Donc tu vois, on s'en sort !

Non écoute, moi ce qui m'inquiète surtout c'est Xav'. Ça fait vingt-sept ans qu'il a pas passé quarante-huit heures d'affilée au même endroit, il est complètement survolté je sais plus quoi en foutre. Ouais, ouais...

Écoute, il se lave les mains tous les quarts d'heure comme un possédé et le reste du temps il se trouve des occupations complètement impossibles. Alors là si tu veux il a entrepris de recouper toutes les bûches du gardien en deux, voire en quatre. Mais je te dis pas, avec sa hache de Viking, on dirait une poule qui a trouvé un couteau ! Il va se sectionner un truc à tous les coups. Dis, tu peux pas demander à Daniel de nous faire une ordo de lexo, sinon il va pas tenir le mois, là. Oui, si on peut s'éviter un burn-out en plus de ce bordel. Tu es un amour, tu es un amour. Bon je te laisse, faut que je voie ce qu'il fout là encore... Qu'est-ce qu'il fout là... ? Xav', c'est indispensable de tailler un chêne à la tronçonneuse, là maintenant ? Tu veux pas rester calme et relire Proust comme tout le monde ? Chier quoi ! Chier !

Julien

Ça va frère ? Jt'ai bien niqué à FIFA, 'taleur. D'où t'y es devenu une merde comme ça ? T'y as trop mangé les légumes de ta femme fils, t'y es en train de te transformer en gros payot c'est tout hahaha…

Ah 'taaain, la vie de moi, le confinement c'est mythique au final ! C'est la vie ! J'fais pizza H24, j'suis payé pour pas bosser, personne il me casse les couilles. Oh j'fais entraînement tous les jours frère, PAF PAF PAF, j'suis au taquet. Tu vas me retrouver, le six pack frère, même Ronaldo il est pas prêt.

Par contre, je suis tellement en chien, je pourrais niquer un platane genre. Naan j'me suis embrouillé avec Laeti, c'est une connasse. Il est temps de retourner chiner des gadjis au Bazar.

Mais ouaiiis, de fou ! Ils le chient le médicament ou quoi ? Sérieux, jamais vu des brêles comme ça ! Oh eh fraté, je vous explique : c'est une grippe en plus fort, donc tu fais un médicament pour la grippe, en plus fort. Fervex, plus des médicaments de clinique ou j'sais pas quoi.

Ah mais sérieux l'autre fatigué avec sa coupe de Père Fouras j'lui laisse même pas soigner mon chien, vrai ou pas ? Qu'est-ce qu'ils foutent sérieux ?

Bon je vais caguer. Après on se fait la revanche FIFA ? Aaah tu vas pleurer encore. Allez, à de suite !

Rebecca

Ça va meuf ? T'as vu que le président de l'Angleterre il est à l'hôpital ? Mais oui le blond là, qui les fait sortir du référendum ou j'sais pas quoi. Voilà. C'est fou non, on dirait un film de science-fiction un peu, ça fait peur… Ouais j'avoue, HAHAHA *Cinquième Élément* le truc. Bref, on s'en branle.

J'ai trop, trop réfléchi à notre conversation de la dernière fois, et en allant sur Facebook j'ai eu une révélation meuf. Y'avait Mélissa Maubert qui avait mis la citation d'un acteur Oscar j'sais pas... Mélissa Maubert, mais si la rousse là, on dirait toujours qu'elle va vomir. Voilà...

« Les folies sont les seules choses qu'on ne regrette jamais. » J'étais là genre mais tellement vrai en fait. Faut que j'arrête le marketing et que je me lance dans une folie en fait. Un truc qui a du sens. Et moi depuis toujours, j'ai trop un sens de la psychologie, j'ai trop bonne mémoire et j'ai un trop bon contact avec les gens. Vrai ou pas ? HAHAHA j'avoue la psychologie bof mais à la limite ça on s'en bat les couilles.

Bref, j'ai fait un tableau décisionnel avec des colonnes et tout. Et ça paraît évident en fait – je vais faire actrice de cinéma meuf. Chanmé ou pas chanmé ?

Jérôme

Salut les filles ! Tout le monde est en forme ? Ouuh il est 14 donc j'imagine que Joséphine, Sarah, Magali seront pas des nôtres encore aujourd'hui. On va commencer sans elles mais du coup je me dois de vous faire un petit point. Les filles, je sais que c'est la semaine six, je sais que c'est dur, et je sais que parfois vous avez envie de baisser les bras. Mais dans ces cas-là, on convoque quoi ? Exactement, Samira, les trois piliers de la motivation. Petit moyen mnémotechnique très dans l'air du temps : « con-fi-ment ». Confiance, philo, mental. D'accord ? Confiance – parce que personne n'aura confiance en vous à votre place. D'accord ? Hyper important. Philo – parce que, qu'est-ce que disent les philosophes ? Ce qui ne te tue pas, nous rend plus forts. Ça je vais vous le répéter encore et encore jusqu'à ce que ça rentre dans vos têtes, les filles. Et mental – parce que c'est non seulement la base de toute performance physique, que ce soit endurance, souplesse ou renforcement, mais c'est aussi la base de la base pour la vie pro et relationnelle. Bon là je m'éloigne un petit peu vers le développement personnel, mais on pourrait en parler à l'occasion dans un autre module si vous voulez. Là on reste sur *all for the butt*. Allez, j'arrête de vous faire la guerre, on se met Jennifer Lopez et on commence avec vingt squats sautés et vingt burpees pour se mettre un peu dans l'ambiance.

Allez, je suis fier de vous les filles. Wouuuh !

Anne-Laure

Ça va les poulettes ? C'est trop rigolo ces e-apéros là, j'adore... Ouais moi aussi j'étais un peu en mode chonchon au début mais après je me suis dit « Anne-Laure, ce temps-là, en fait il est pour toi. Ça t'arrivera pas deux fois dans ta vie, donc profites-en pour t'enrichir », tu vois ? *(elle montre son verre)* Non, c'est une eau de gingembre maison, je fais dry c'est l'occas'. Bah alors je me suis fait un petit programme.

Le matin déjà c'est littérature étrangère. Cette semaine c'est Europe centrale. Il y a des pépites chez les Hongrois, notamment Miklós Zrínyi qui m'a carrément fait changer d'avis sur le baroque en fait. 180 degrés la meuf. Bah c'est une puissance évocatrice juste démentielle et puis c'est aussi une super fenêtre sur la survivance de la mémoire du peuple magyar dans la péninsule balkanique tu vois... Donc rien que pour ça déjà c'est ouf. Bref... Ensuite je déj, ensuite théâtre. En ce moment je suis très dramaturgie antique. Et à 16 heures poésie. D'ailleurs je me suis rendu compte que j'avais une culture ultra erratique en poésie slave, j'étais là ho putaaain. Du coup je me rattrape. Et le soir, cinoche. Là je me suis refait tous les Tarkovski – *no comment* sur le génie du mec en fait. Et voilà.

Et vous alors les meufs, Netflix *and chill* plutôt ?

Dylan ? Dylan, tu m'entends ? Ouais non parce que ça coupe… OK.

T'as voulu t'attaquer au parcours d'un personnage comme Oreste pour le concours du conservatoire, moi je te suis là-dessus, mais faut que tu sois exigeant. Tu peux pas être conciliant avec un acte littéraire pareil, d'accord ? On a besoin de ta radicalité.

« *Mais que vois-je à mes yeux Herrrmiiione l'embrrrasse* »… Tu vois ? Là, Racine il décale l'hémistiche. C'est juste un putain de cadeau sublime qu'il te fait, d'accord ? Donc fais-en quelque chose, *please !* Et prosaïse pas, ça nous intéresse pas.

Nan, je suis pas d'accord… Corporellement faut que tu trouves ton ébranlement, faut que tu cherches ta secousse. Là, t'as tué le fils d'Achille et elle t'aime toujours pas, t'es un homme brisé Dylan. Bah commence par déverrouiller tes épaules, déjà. Ouais, mais reste dans le cadre, là je vois plus rien. Ouais ! Joue avec ton centre de gravité, fais-le bouger à droite. Ouais ! À gauche ! Pense à l'irrévocable ! Mets-toi en danger, n'aie pas peur, tombe, tombe ! *(bruit de chute)* Aïe… ça va ? Mets de la glace peut-être.

Mais tu vois, Dylan, quand tu convoques un déséquilibre physique, TAC ! On reçoit le texte différemment. C'est hyper précieux ce que tu viens de toucher du doigt. Ouais. Juste Dylan, avant que tu partes, j'aimerais que t'entendes ça : « *L'échec de tous les héros raciniens c'est d'être inexorablement renvoyés à un temps circulaire.* » T'y penses pour jeudi steuplaît ?

Becky

Hi everyone ! J'espère que tout le monde va bien, que les proches vont bien et que tout ces mauvaises nouvelles sont pas trop un brouillard pour le tête et pour le cœur. Aujourd'hui je voudrais faire un *tiny break* dans toutes ces malheurs pour faire un petit recette très simple et très très gourmand, qui va venir nous réchauffer et nous faire du bien. Ok ?

On commence avec cinq endives, très bons sur la fatigue, et je fais revenir dans l'huile de chanvre, qui est très riche en oméga. Ensuite je rajoute trois cuillères de spiruline, qui est un algue trop bon pour le *mindset*. Puis, de petits morceaux de reishi, c'est un champignon médicinal pour être *relaxed* et apaisé. Et enfin, du shatavari, c'est un cousin indien éloigné de l'asperge qui va un peu gélifier toute ça.

(s'adresse à quelqu'un dans la pièce) Oh yeah you're right ! J'ai aussi rajouté un petit bouillon d'épluchures que j'ai fait hier, mais ça c'est vraiment pas obligé, c'est si vous voulez.

Moi je mets pas de crème et pas de beurre, je trouve ça va pas bien avec. Mais si tu es gourmand, il faut de mettre du gomasio ou de la levure de bière. Ça c'est pffff !

Maintenant vous faites bouillir pour une heure et c'est prêt. J'espère que ça va vous changer les idées ! *Bye !*

Alors si je résume brièvement votre rêve, Émilie, vous étiez, d'après ce que vous m'avez précisé, un petit animal mou, tranquillement pelotonné dans le creux d'un canapé d'angle. Puis un personnage de télévision populaire – redites-moi ? – la Boule de Fort Boyard, d'accord, vous oblige à sortir par une petite porte en chatterton. Et là, stupéfaction : le monde extérieur est peuplé de ces crustacés que vous avez en horreur – les tourteaux – qui se disputent de la viande crue avec beaucoup de brutalité. Et au milieu de tout ce bazar, il y a Adrien, votre ex-petit ami, qui vous lance des braises au visage. D'accord…

Émilie, je ne crois pas que nous ayons besoin de chercher bien loin. Votre crainte c'est de retrouver le monde extérieur que vous avez trop souvent expérimenté comme un panier de crabes… De tourteaux en l'occurrence. Nous allons travailler ensemble, Émilie, pendant ce mois de confinement pour que vous ne soyez justement plus ce petit animal mou qui se fait rudoyer par tous les Adrien et les Boule de ce monde. D'accord ?

Annick

Alors, Édouard. C'est vrai que la période est un petit peu embrouillée. JE DIS LA PÉRIODE EST UN PETIT PEU EMBROUILLÉE. J'ai une visibilité parcellaire, hein !

Là, j'ai Saturne qui vient frictionner un peu avec votre thème à vous, hein, oui.

C'est amusant, je trouve, parce que cette période si particulière que nous vivons arrive peut-être pour vous à point nommé, hein. Vous voyez, parce que, ce qu'on me donne là, c'est que vous entrez dans un cycle à partir de maintenant – je dirais jusque deuxième moitié de 2022 –, un cycle qu'il faut voir un peu comme un tunnel, hein !

Oui solitaire, replié, isolé, reclus, comme ça. Bon, c'est la Lune en Capricorne, hein.

Alors pourquoi ne pas voir ce confinement comme une sorte de répétition générale des deux années qui vous attendent hein ? Ça serait intéressant ça, oui. Le danger c'est le pourrissement. Il faut cultiver son jardin intérieur pour ne pas sombrer, je dirais.

À ce sujet, peut-être que vous pourriez vous inspirer de toute cette littérature de la solitude, qui est prolifique. *Le Comte de Monte-Cristo* par exemple. Lui, il l'a creusé son tunnel hi hi hi. Bon. Eh bien, bon courage.

Julien

Ça va fils ? Ah putain, truc de fou, j'ai envie de retourner au bureau comme de me pendre... La vie de moi ça me donne encore plus envie de monter ma start-up en vérité. Putain, revoir tous ces estrasses de collègues là... Pfffff.

D'ailleurs, j'ai pensé à un truc hier. Tu taquines un peu le business ou pas ? Vas-y je t'explique vite fait. En gros, tout le truc c'est sur l'offre et la demande : plus t'y as d'offre et moins t'y as de demande, plus c'est cher. Ah c'est un peu technique, laisse tomber. Mais en gros là y'a deux secteurs qui vont exploser, qui vont faire comme ça, comme ça, comme ça *(mimant une trajectoire ascendante avec sa main)* de longue, c'est les masques et le gel alcoolique. Ok ?

Mais qué gouvernement ? Tu vois pas que le gouvernement ils se font victimiser comme des trompettes par les Chinois ? Qué bande de caguettes eux encore ! Bref, donc mon idée : je reprends le local de l'oncle à Victor. Si, le jobastre qu'est tanqué à Malmousque de longue…

Voilà, donc je reprends le local et dedans je vends les masques et le gel. Ça va être le feu ou ça va pas être le feu ? Qué c'est tout ? Oui c'est tout ma foi. Qu'est-ce tu veux que j'aille vendre des santons et des canistrelli ?

Allez, va caguer à Endoume steuplé. T'sais c'est quoi ton problème ? Ton problème c'est que t'y as pas de vision fils. Voilà c'est quoi ton problème. Ouais c'est ça rira bien qui maronnera en premier. Tsss.

Buongiorno Livio ! (à un autre client) Non non allez-y passez devant, je ne suis pas pressée. Au revoir…

Livio il faut que je vous parle ! De la mortadelle aux pistaches ? Non non je… Oui je veux bien. Mmmmh. *Delicioso.*

Livio, je voulais vous dire… Non, je ne connais que la stracciatella au lait pasteurisé mais… D'accord d'accord, faites-moi goûter. Mmmmh oui c'est riche, on sent bien les Pouilles.

Livio, je sors de chez moi, Bruno est insupportable et je me rends bien compte que… Oui, je connais les amaretti, mettez-moi une boîte, d'accord.

Livio, il faut absolument que vous m'écoutiez ! Non, pas de cannelloni ! Livio, écoutez-moi, je n'aime pas tant que ça la gastronomie italienne, je la trouve pauvre et surcotée, et je suis intolérante au lactose ! La seule raison pour laquelle je viens ici deux fois par semaine… C'est vous. Vous comprenez ? *Mio cuore. Ti amo.* Tu comprends ?

Oui mon Pierre-Yves, comment va ton dos ? Bon, je suis contente, je suis contente. Oui, la maison va bien. La maison va bien, on a foutu le petit récamier de papa dans le salon, c'était quand même plus cosy comme ça. Oui écoute, et puis on circulait mal, c'était absurde.

Tu vas rire, parce que j'ai croisé Nathalie ce matin. Chazel oui, Nathalie Chazel ! Dis-moi, elle était plutôt mimi non, quand vous vous fréquentiez ados ? Je me rappelle d'une grande nana avec de l'allure… Ah bah écoute, là j'ai eu un choc. Écoute, un petit pot à tabac, grise, le cheveu mousseux, flanquée de deux ados complètement ingrates tu sais, l'œil torve à pianoter sur leur machin là… Ah non mais impossible ! Au centre-bourg ! Elle faisait la queue chez le petit fromager. Mais oui, oui. Écoute, tu as bien fait de te faire larguer, elle est vilaine comme tout. Voilà mon Pierre-Yves.

Comment va mon Élise ? Bon, super, écoute, je te laisse, je crois que j'ai ma tarte tatin qui crame là. Ouais, je vous embrasse, je vous embrasse.

Oh chieeeer ! Xav', tu pouvais pas surveiller le four non ? Tu voyais bien que j'étais en ligne ! Eh bien tu es un empoté ! Voilà !

Marina/Candra

Est-ce qu'il y a des blessures aujourd'hui ? Les cervicales, Delphine ? Alors quand on sera en Sirsasana, n'hésite pas à te mettre en Balasana, si ton corps te le demande. Sois à l'écoute de tes possibilités, d'accord ?

Bien, nous arrivons bientôt dans la saison du grand Yin, qui est juste après la fête des morts, et notre corps a besoin de ralentir, comme tous les autres êtres vivants de Gaïa.

J'aimerais aussi qu'on stimule le thymus et la rate pour éviter les infections, avec des ouvertures de cœur et des backbends. Si des émotions se présentent à vous, laissez-les faire, surtout. Commencez à vous installer dans votre intériorité, puis introduisez le Pranayama Ujjayi ou respiration victorieuse en refermant légèrement le larynx. On se retrouve en Adho Mukha Svanasana, les index pressent dans le sol et inspire Chaturanga sur trois. Ardha Bhujangâsana pour cinq, les coudes forment un angle droit contre les côtes basses, les crêtes iliaques se déposent dans le sol. Expire Samasthiti, le regard est posé vers le plafond n'oubliez pas Ujjayi le nombril presse contre la colonne et on descend Uthitta Hasta Padangusthasana sans les mains ; la posture de la cigogne.

Remerciez-vous pour le temps que vous vous êtes offert. Pour faire durer les bienfaits de notre séance privilégiez les légumineuses et stimulez le méridien de la rate 13F autour de 17 heures en visualisant la couleur jaune. Namasté.

Christelle

Alors, comment ça va ? On passe en cabine ? Allez ! Oui bah on est restés bien sagement chez nous. Mais c'est bien ça permet de faire le bilan je trouve. Bah très positif moi. Déjà le salon m'a beaucoup manqué, donc c'est que je ne me suis pas trompée de métier... Soufflez... *(elle arrache une bande de cire)*

Et après avec mon amoureux c'était un bon test hein. Il était au top. J'ai vraiment beaucoup de chance. Soufflez... *(scratch)*

Allez, on passe aux mi-jambes. Ah mais vous avez rasé ?! Ah oui je vois c'est très dru là. Oui pfff... Je comprends, il faut du courage pour garder les poils, mais c'est dommage, on avait fait un bon travail toutes les deux, depuis que je vous ai prise en charge, c'était devenu tout blond, tout fin, on arrivait presque à un duvet. Là... Faut tout repartir de zéro quoi, c'est... C'est dommage c'est tout. Bon. Décidément, ce confinement c'est une catastrophe. Soufflez... *(scratch)*

Bon allez il faut voir le positif, parce que maintenant il est fini et les problèmes – on va en venir au bout, j'ai confiance. Soufflez fort. *(scratch)*

Jérôme

Ok super les filles ! *Up* vers le ciel, *kick* vers la porte, *down to knee*. *Up* vers ciel, *kick* vers la porte, *down to knee*... Nickel. Anissa, je vais avoir besoin que t'alignes bien tes fragments osseux, sinon t'impliques trop tes ligaments croisés, le but c'est pas de te sortir de la salle en civière, ce serait dommage, ok ma belle ? Nickel, pointe vers le sol, ouais !

Allez, encore dix secondes les filles, c'est le *finisher*, on tient, on pense aux torticolis qu'on va faire sur la plage...

Super les filles, vous avez été nickel. Si vous voulez vous initier au crossfit, c'est mercredi 8 heures avec Karim et moi, ok ? Ashley et Zoé *can you come see me* ?

Bon les filles je suis hyper fier de vous, super *proud* là, à ce stade j'ai vraiment l'impression qu'il y a eu un avancement tant sur le plan mental que musculaire, *mental and muscular*... Moi, je vous le dis peut-être pas assez, mais la raison pour laquelle je me lève le matin, c'est pour faire de vous des femmes autonomes en salle. *Autonomous everywhere. Paris, New York, Dubaï*, ok Ashley ?

Pour moi, j'ai distinctement les trois piliers de l'autonomie : réflexe, positionnement correct, mental. Et ça, c'est une très, très belle récompense pour moi d'accord ? Ok Ashley ? *Great award.* Vous pouvez être très fières, *very proud.*

Rebecca

Meuf, faut absolument que tu viennes m'aider, y a quelqu'un qui est entré dans mon appart... Je sais pas il a cassé une fenêtre, là il fouille je l'entends fouiller, j'ai trop peur meuf, faut que tu viennes… HAHAHAHAHA. Comme t'as trop flippé meuf ! Tiens voilà tu disais que je pouvais pas être actrice, la preuve ha ! « Reb, bouge pas, j'appelle la police » HAHAHA. En plus comment il fait le mec pour casser la fenêtre ? J'habite au quatrième, bouffonne.

Bref… Ça va sinon meuf ? Ouais, moi je me suis relevé les cheveux là. Ça change en vrai, j'ai un petit front pas mal. Bah là je dois faire un *benchmark* pour la prochaine campagne digitale de Sandro, mais je suis déjà dans autre chose en fait.

Tu savais que Natalie Portman elle fait des masterclass sur Internet ? Truc de ouf ou pas ? C'est soixante-quinze dollars mais ça vaut le coup en vrai je pense. Par contre ça m'a fait trop bader, elle dit que la règle numéro un pour être actrice, c'est avoir de l'empathie. J'étais là genre euh 'tant y'a plusieurs courants d'acting et moi je peux être dans celui où l'empathie on s'en branle en fait. Tu vois ou pas ? HAHAHA.

Mais ça va ! Genre Julia Roberts elle a de l'empathie. Elle a surtout plein de pognon, ouais. J'avoue, j'suis scandale.

Franck

Bonsoir, comment je peux vous être utile ? Un petit rouge pour l'apéro, d'accord. Une seconde ! *(s'adresse à son employé)* Maxence, y'a la dame qui attend là, ouais, un vouvray fines bulles je sais pas si y'en a encore au frais. *Thanks !*

À nous ! Une région en particulier ? Plutôt fruité, structuré ? Ouais… Un budg' ? Ok. Alors, tchik tchouk tchak tchak tchouk… Là ! Là j'ai un super vin d'auteur, c'est des vignerons qui bossent hyper bien. Il va être hyper généreux, on a des notes de fruits rouges, confiturés type framboise, groseille, avec des tanins assez souples mine de rien hein pour un vin qui vient de la Loire. C'est une belle expression de bourgueil, moi c'est vraiment un jus que je trouve assez polyvalent et que je sers en toute confiance même avec une viande en sauce, donc vraiment *no worries* là-dessus.

Sinon, bombombombom, plus léger ! Je vais avoir un cabernet franc. C'est un vieux cépage ligérien avec un beau travail de fermentation malolactique, une vinification en foudre qui est vraiment hyper intéressante… Franchement les mecs sont hyper bons quoi et les cuvées sont de plus en plus complexes au fil des ans. Moi je partirais là-dessus surtout si vous avez un peu envie de faire la différence ce soir, quoi, clairement. Surtout si vous accompagnez avec un petit chèvre type Chavignol, là ça devient carrément joueur. Vous savez ce que vous allez manger ce soir ? Des Tuc ? Ouais, ouais, ouais, ça s'y prête carrément, carrément, *why not*…

Isabelle

Mon Élise. Bah écoute bien, et toi ? Et les chiens ? Bon… C'est Biscotte qui n'avait pas le moral non ? Eh bien tu vois, un peu de montagne et tout repart. Écoute, je ne te dérange pas longtemps mais tu vas pouvoir m'aider là. Je suis dans le verger côté grange et y'a un nid mais je sais pas ce que c'est comme piaf. Un nid, oui. Toi qui es bonne avec les animaux tu saurais me dire ce que c'est ? Non parce que si c'est un merle moi je suis emmerdée parce que c'est eux qui m'ont bouffé tous les cerisiers l'année dernière. Ah bah la récolte c'était peau de chagrin. Ah oui. Alors écoute. *(elle tend son téléphone dans l'air)* Bon là ils chantent pas. Ils chantent tout le temps sauf quand il faut, on se demande.

Oui ils ont rouvert les plages alors Xav' veut encore rester un peu. Il y a pas encore foutu les pieds mais qu'est-ce tu veux. Ah je peux pas te dire, il est dans un tout autre état d'esprit là. Il me dit « Mon Isa, ça faisait des années que j'avais pas pris le temps ». Ah il dit ça à tout bout de champ « prendre le temps, prendre le temps »… Là il est en bras de chemise sous le pommier à boire son café, ça ressemble plus à une décompensation je trouve.

Ah attends il chante le salaud ! Ah chier c'est un merle ? Ah écoute il va tout nous bouffer ! Moi qui voulais vous faire des confiotes, mon Élise bah écoute mais là c'est râpé… Chier !

Gaëtan

Descends, descends, descends. Voilà, là t'es au centre du plateau, Dylan. D'accord ? Oreste, il occupe l'espace, il se fout pas en jardin arrière pour déclarer sa flamme à Hermione ok ? On est pas dans un drame bourgeois.

« *J'ai mendi-é la mort chez des peuples cruels* », la diérèse putain Dylan, si tu m'enlèves un pied, je t'enlève un pied, *(il rit)* œil pour œil.

Et puis goûte les mots par pitié, c'est une arme ce vers, c'est pas ton ennemi.

Ouais, mais fais gaffe à ton adresse. Ça part de ton centre. De ton centre, là ! *(il frappe énergiquement son thorax)*

Stop, stop, stop, j'ai un souci, là. Tu sais comment ça se finit cette histoire ? Hermione va se suicider et Oreste va devenir fou. Ok ? Ça s'appelle la fatalité. Là ce que tu me joues, ça pue l'éventualité. Donc infuse-moi du destin, du fatum, d'accord ? On est chez les jansénistes là, Dylan, c'est important que ça nous traverse.

Ouaaaiiis et maintenant ton intériorité, trouve la générosité de ça. Faut aller le chercher en toi, dans les replis de ta psyché. Et moi j'ai pas à savoir par quel chemin, parce que ça c'est TA cuisine intérieure, c'est TA tambouille perso. C'est ça qui te définit en tant qu'acteur au plateau, qui nous apprend quelque chose sur notre humanité. Ok Dylan ?

On y retourne…

Adélaïde

(décoiffée, le rouge à lèvres défait) C'était *incredibile.* Je je... *(elle rit)* Je ne sais pas bien quoi dire... Pardon. Ça vous arrive souvent comme ça de passer un moment dans l'arrière-boutique avec vos clientes ? Ne réponds pas ! À vrai dire je ne veux pas savoir. *Baciami ancora.* Je peux ? Merci. *(prend une cigarette)* Ça reste entre nous d'accord ? *Un segreto,* oui, voilà. Je vais prendre quelques *gnocchi di patate* quand même pour ce soir. Et puis ce serait étonnant de revenir les mains vides. Non non non, j'y tiens, j'ai du liquide. Voilà. Bon... *Grazie Livio. Grazie di tutto.*

Annick

Alors, Mathieu, ce que je remarque en premier dans votre thème hein, c'est beaucoup de lourdeur. Ça, ce sont les signes de Terre, hein. Vierge, Capricorne, Taureau, vous les avez tous. Bon alors chez vous c'est lent, c'est pesant, c'est pénible. Ça doit se ressentir d'ailleurs dans les intestins, hein ? Eh oui, ça ne m'étonne pas, ça ne m'étonne pas.

Alors, Mathieu, vous vouliez mon avis sur un changement de voie. Vous voudriez écrire. Alors moi, d'après ce qu'on me donne là, je juge préférable de rester là où vous êtes, hein. Parce que je n'ai pas cette fibre créative, cette fantaisie, cette imagination qui est assez bornée chez vous. Euuhm donc pour moi, non. Hein ? Ce n'est pas pour vous, voilà. C'est ce qu'on me donne !

Pour ce qui est d'avoir des enfants avec votre compagne, alors moi j'en vois deux, hein, deuxième partie de 2024 et 2026. Donc ça c'est bien. Mais alors, je vous dis ce qu'on me donne hein, il y en a un qui ne sera pas de vous, hein. Bon. Voilà je n'ai pas… après je n'ai pas plus de… hein. Bon.

Rebecca

Ça va meuf ? Je viens de vivre la plus grande gênance de toute l'histoire de la gênance en fait. C'est chaud genre. Mais mon cours de théâtre meuf, j'ai fait le premier hier soir. Bah déjà beaucoup trop de cigarettes roulées et de foulards africains déjà, beaucoup trop. Mes yeux ont saigné en fait. Ensuite le prof, meuf, mais un délire : les cheveux longs jusqu'aux épaules, à faire que dire des trucs mais si chiants j'ai cru que j'allais crever en fait. Genre sur les différentes traductions d'une pièce russe obscure dont tout le monde se branle en fait. Il était là genre « C'est hyper signifiant, tu vois... » *My god...* Ensuite il a voulu que je me présente devant toute la classe et il m'a dit « C'est quoi tes auteurs préférés ? ». J'étais là genre oh putain... Non du coup j'ai dit « Bah y'en a trop je peux pas choisir ». J'avoue je suis un génie putain. Et après coup de grâce, il me dit : « Rebecca, marche avec la sensation du rouge ! » J'étais là genre ah mais ta gueule en fait, ça y est, nous avons atteint ma limite je sors de cet endroit.

Non mais pas possible, les acteurs c'est vraiment des gros bouffons en fait. Et ceux qu'on voit au cinéma c'est des exceptions, je pense. Bah à mon avis Natalie Portman elle fume pas beaucoup de roulées, si tu vois ce que je veux dire.

Christelle

Ça va bien ? On file en cabine ? Allez !

Alors qu'est-ce qu'on fait comme maillot ? Très, très… Très, très, très échancré ? C'est quoi ? C'est… Je fais un fil alors ? Alors je vais vous demander de vous mettre à quatre pattes, super. *(scratch)* Soufflez. Faites-moi un peu comme le petit chien, vous levez, ouais, tenez la jambe à 90 degrés. Nickel. *(scratch)* Soufflez. Les pieds, vous les maintenez bien flex. Nickel. *(scratch)* Super. *(scratch)* Maintenant, vous reculez le bassin vers moi mais en gardant le dos droit, comme une tortue. Suuuper. *(scratch)* Allez, on a fait le plus dur.

On passe sur le dos et vous écartez les jambes de part et d'autre comme la grenouille. On va réussir à tout avoir hein. *(scratch)* Voilà soufflez. Et levez-moi la droite. Et levez-moi la gauche. Plus haut. Plus haut. Voilà nickel. *(scratch)* Tooop super. Qu'est-ce que vous pensez, c'est assez échancré là ? Ouais ? Bon, nickel. Vous allez même pouvoir mettre un tanga là hihi. Allez, à bientôt !

Séverine

Ah tiens Sylvie ! Bien et toi ? Mais non je suis pas au bureau non. Mais tu sais, je t'ai dit hier, je t'ai dit « À la semaine prochaine », parce que je prends trois jours là, de congé. Dans le Jura, pour m'occu… pour voir ma mère. C'est dans la continuité urbaine d'Orgelet, pas loin de Clairvaux-les-Lacs. Une seconde !

(elle s'adresse à quelqu'un dans la pièce) Arthur ! Dans ton pot ! Dans ton pot !

Excuse-moi, c'est ma sœur qui m'a laissé ses deux petits. Ils sont trèèèès... Bref. Alors dis-moi, tu as besoin de quelque chose ? Mais l'AIS fiscale 2019 de Medifap c'est dans les dossiers suspendus. Tu ne les consultes jamais ? Ah... Eh bien, tu sais, on a plusieurs modules de rangement Sylvie. Tout ce qui concerne les clôtures de comptes c'est dans le placard de gauche, les dossiers suspendus. Voilà, celles qui coulissent. Voilà. Tu vas dans Medifap – Clôtures – AIS fiscale – 2019 et voilà. Oui, c'est bien rangé oui... Une seconde !

Oui Mounette, je t'accompagne au supermarché, je finis juste ça d'accord ?

Tu as tout ce qu'il te faut Sylvie ? Bien. Arthur non non non je t'avais dit dans ton pot ! Sylvie, il faut que je te laisse là, Arthur vient de chier sur le tapis... Je te vois lundi d'accord ? Oui...

Mais comment tu vas ? Écoute, c'est quand même dingue, à chaque fois que tu m'appelles je suis en vadrouille dans les champs, à croire que… Non, on est au Mas ! On est au Mas depuis lundi. Xav' voulait voir ses oliviers. Bon, il les a vus. Et puis les Cassagne font leur dîner en blanc après-demain donc voilà il était temps qu'on arrive. Ah bah sans grande surprise, Pierre nous a laissé une baraque complètement foutraque. Ah ouais… Ben le four indique 23 h 24 depuis trois jours, rien n'est à la bonne place, il a laissé des kilos et des kilos de glace à l'eau Mister Freeze Calipo je sais pas quoi au congélateur. Je vois pas bien ce que je peux en foutre, je peux à peine ouvrir le tiroir à glaçons. Et puis j'avais fait planter des kilomètres d'herbes aromatiques, y'a plus une seule feuille de basilic. Alors je sais pas il a peut-être fait des soupes au pistou pour Gulliver et sa famille, va savoir !

Et ce qu'il a fichu avec les produits de la piscine, là, mystère… Les chlores, les PH, les machins… Xav' a voulu faire trois brasses dans la piscine ce matin, il est ressorti rouge comme une écrevisse, on aurait dit un touriste hollandais à Lourmarin. Bah oui !

Enfin, si tu veux un conseil, ma Constance, méfie-toi avec la Chabrerie, parce que l'indivision entre frères et sœurs c'est vraiment pas de la tarte. Surtout avec des sœurs comme les tiennes. Alors, méfie-toi, d'accord ?

Adélaïde

Tu as encore du rouge à lèvres Livio, *qui* et *qua*. Attends. Voilà. Tu voudras un dessert ? Attends je m'y colle. *Per favore, due panne cotte. Grazie*. Il a une drôle de tête ce serveur non ? *Che faccia buffa ! (son téléphone sonne)* Attends, je dois répondre une seconde.

Allô ? Oui Bruno. Non j'ai pas beaucoup de temps, le séminaire reprend dans une minute. De quoi tu as besoin exactement ? Ah… mais c'est gentil. Mais tu sais je rentre demain, ce ne sera pas long. Eh bien, travaille bien alors. Au revoir.

Excuse-moi. Ça ne t'embête pas si on règle ? *Il conto ! Grazie.*

Julien

Tu reveux un casa ? Laeti ! Deux casa steuplaît !

'Tain, vé-les-moi ces Parisiens là... Tête qu'y zont. Ah sérieux, deux cents ans qu'ils nous chient dessus tu as deux pelés à lunettes qu'ont dit que Marseille c'était le feu maintenant tu as tout Paris qui ramène son cul tout khéné là.

(à quelqu'un d'autre) Nan elle est occupée la chaise. Y'a ma sacoche monsieur ! Ouais j'm'en bats les couilles qu'y reste debout ce zgeg.

'Tain t'a l'heure j'en ai vu à Malmousque une équipe d'intellos tout blanquinasses là avec leurs sandales en cuir. 'Tain le sketch pour descendre les rochers. Ah mais les branquignolettes, sérieux, ils étaient comme ça, ils se tenaient : « Aide-moi Justin, aide-moi ! » 'Tain, fou rire.

'Tain, elle nous a fait un flanby Laeti là oh. Oh Laeti ! Moins d'eau la prochaine fois non ? Ça va j'te charrie, mon ange, ça va. Oh ça va redescends ! Sérieux... *(burp)*

T'sais quoi on devrait ouvrir une affaire pour ces testons de chèvre là. On met des bouquets de lavande par-ci par là, on leur parle mal, on fait payer le pastis 8 euros, ils vont trouver ça trop typique, dans trois mois le truc c'est un coffre-fort j'te le signe, la vérité hein.

Laeti, parle-leur mal un peu, ils adorent ça. Eh les payots, à jamais les premiers *(il fait un doigt d'honneur)*, maronnez pas trop !

Isabelle

Comment va ma Constance ? Mais hier je pouvais pas écoute... On dînait avec Alain, voilà ! Eh bah je voulais pas t'emmerder avec ce vieux fantôme c'est tout. Alors lui, il a complètement lâché la rampe. Il s'est trouvé une nouvelle greluche figure-toi, Giovanna, une Tessinoise qui fait de la sculpture en polystyrène extrudé ou j'sais pas quoi. Je te confirme, c'est pas Rodin la fillette, c'est plutôt niveau pâté de sable ha ! Non mais la gamine a trente-deux balais, tu te demandes de quoi ils parlent quand il rentre de ses séminaires ressources humaines, le Alain. Ah bah le type est en pleine crise, il nous a amenés dans un boui-boui au bout du monde dans le 11e avec tu sais des plats microscopiques à la mords-moi le nœud là qui te coûtent un bras. Ah bah lui qui est radin comme une vieille pelle je peux te dire ça lui a fait les pieds !

Non mais franchement c'est pas une grande perte ma Constance. Mais quel nazebroque. Mais Xav' mais c'est pareil, il se réinvente ! Il fume des cigarillos, il se coiffe en arrière, il se remet à vouvoyer sa secrétaire… Je t'assure il écoutait la nénette parler d'architecture vernaculaire avec un sourire de bienheureux comme ça, c'était affligeant ! Et elle en jouait elle ! J'avais envie de lui dire bah dis donc, Gianina, je t'ai parlé des aventures de remontées acides de mon Xav' ? Ha !

Non mais franchement ils ont quoi les bonshommes de cinquante berges en ce moment ? Chier quoi ! Merde !

Jérôme

Hello les filles, j'espère que vous allez toutes bien. Bon j'ai un peu poussé les murs pour vous faire cours à distance mais à cœur battant rien d'impossible. On va essayer d'oublier un peu ce qui nous attend ce soir, d'accord ? J'espère qu'on va pas être trop dérangés, parce qu'il y a Cookie le chien de ma sœur que je garde. Cookie, tu dis bonjour aux filles ? *(ouaf)*

Aujourd'hui je vous ai préparé une séance défouloir, très cardio, assez explosive pour vous changer un peu les idées en ces temps pas top top. Là je m'adresse à Éloïse, pour ton genou, des squats de petite amplitude, ok ? C'est parti !

Super les filles on oublie pas on garde les référentiels du Pilates, on contracte le périnée pour les muscles profonds, on ressette le nombril Malika, ouaiiis, super ! Ben ouais on bosse en isométrie Laurine c'est normal que la jambe de terre soit douloureuse, elle est pas en vacances, bien au contraire.

Allez on continue, on pense aux résultats… Couché ! Couché ! Non les filles c'est pas pour vous c'est pour Cookie. Vous vous continuez les burpees sautés ! C'est bien ma beauté ! C'est bien vous aussi les filles ! Rapproche-toi de la webcam, c'est des 1 kg ? C'est pas assez lourd ça Émilie. Au Pilates Power j'avais des seniors qui portaient des 2,5 kg sans problème, d'accord ? Quatre-vingt-cinq ans donc pas d'excuses. Bravo les filles, vous avez été hyper courageuses, je veux que vous soyez aussi courageuses ce soir à l'annonce de Macron ; d'accord ? Allez, je suis fier de vous. Et Cookie aussi. *(ouaf)*

Rebecca

Ça va meuf ? Non du tout je suis au bout de ma vie. Ouais j'avoue c'est chaud tout ce qui se passe, mais non rien à voir. J'ai revu Tom. Ouais faut que je te raconte pour que tu captes le niveau de la dépression ultime en fait. En fait, comme on mettait cent ans à trouver un bar parce que tout était fermé il me dit « Vas-y viens, on prend des sushis, on se pose chez moi ». J'fais ok. Mon 501 là qui me fait un beau cul. Mais oui laisse tomber j'étais en bombe en plus.

Et le gars mais genre appart de malade, c'est en mode si j'aurais voulu un appart, j'aurais fait comme ça en fait. Tu sais genre avec des photos trop stylées au mur et des trucs de design de partout et tout. Et t'sais c'est en mode plus je le regarde et plus je capte des trucs qui me font kiffer chez lui tu vois. Mais genre il mange grave proprement, genre à un moment il a enlevé son pull j'ai vu viteuf son ventre hyper beau et tout. À ce moment-là il est 20 h 30 j'ai un quart d'heure pour retourner chez moi je me dis t'sais quoi, YOLO, vas-y, je dors chez lui, je me chauffe. Mais c'est tacite genre, on se le dit pas tu vois. Et là 20 h 45, je vais pour prendre le dernier california maki et là... Me juge pas meuf s'il te plaît, ok... je pète. Je pète meuf ! Y a zéro ambiguïté, ça s'entend, truc de ouf, je pète, les murs tremblent en fait. Ben tu voulais que je fasse quoi ? Il a pas eu le temps de faire quoi que ce soit, j'ai pris mon sac et je me suis cassée pour rentrer à temps. Mais non, c'est mort, je le reverrai jamais. Je suis désespérée meuf. Donc si tu veux tes histoires de pandémie…

Gaëtan

(il se présente à un casting) Je me mets sur la marque blanche ? Ok.

Alors, Gaëtan Rohver, à une lettre près d'être le plus grand cinéaste français du siècle dernier hanhanhan… Ah bah non je vous donne pas mon âge, je suis acteur. Disons que j'ai entre l'âge du Christ et l'âge de Jean-Luc Lagarce au moment de sa mort hanhanhan.

Alors moi, j'ai une formation assez académique, d'abord au Conservatoire municipal de Dijon, puis au Conservatoire à rayonnement régional de Paris. Puis très vite l'enfermement fossilisé de leur instruction corsetée me dégoûte, je suis happé par le concret. Donc je monte ma compagnie « La forêt des âmes » en 2005, avec le metteur en espace Benoît Van Houten, qui défend avec moi bec et ongles une approche claudélienne du répertoire moderne, avec une obsession – je dois le confesser – pour le kabuki japonais et les dramaturges germanophones de la deuxième moitié du XIXe siècle, les Schnitzler et autres Frank Wedekind... Voilà pour ma présentation.

Dac, donc quand vous dites « action » ? Ok. Je suis prêt.

(d'un air mélodramatique) « Tu veux rire Jérôme ? En cas de sinistre la MAARF met à disposition un conseiller 24 heures sur 24. Enfin un assureur responsable. »

Ça vous allait ? Je me disais qu'on pourrait peut-être un peu emphatiser « responsable » vu que c'est un peu le message ? Non ? Ok.

Isabelle

Mon Élise ! Tu as une bonne voix. Oui ça va ça va. C'est juste cette vieille resucée de confinement là, c'est pénible je trouve... Dis-moi je t'appelle parce que je faisais un peu de tri tout à l'heure, et dans le bureau du haut... Le bureau après l'escalier, à côté de la chambre rouge. Ah tu dis la salle de lecture toi ? Bon bah dans la salle de lecture-bureau au-dessus du secrétaire de papa j'ai retrouvé de ces bouquins... Bah alors des Maurras, des Rebatet, des Cousteau, toute la fine fleur de la littérature d'extrême droite si tu veux. Du coup j'ai eu un petit coup de chaud et je me demandais, t'as le souvenir d'avoir été élevée par des fachos toi ? Parce que papa était un peu réac, mais je me suis jamais dit que les quelques torgnoles de notre adolescence faisaient de lui un fasciste nationaliste forcené tu vois ce que je veux dire ? Puis on était chiantes. Surtout toi.

Ah c'était à Albertine ! Quoi, sa grande cousine ? Oh là là tu me soulages, t'as pas idée.

Dis donc d'ailleurs c'est elle le portrait dans le couloir ? Ah bah ouais tu m'étonnes qu'elle était fâchée contre le monde entier, t'as vu sa trogne ? Bon merci mon Élise. Je te rappelle si je retrouve de vieux uniformes SS, on sait jamais. Embrasse tout le monde. Salut.

Séverine

(au téléphone) Oui Sylvain, coucou ! Bien et toi ? Je suis dans la salle d'attente virtuelle là, de la réunion Zoom. Comme c'est toi l'administrateur, il faut que tu m'acceptes. Je crois qu'il y a quelque part où il faut cliquer, tout simplement. Oui. Ah voilà !

Coucou tout le monde ! J'étais dans la salle d'attente virtuelle mais la porte virtuelle était fermée parce que Sylvain ne voulait pas m'ouvrir le salaud hihihi… Ah vous ne m'entendez pas ! Je disais j'étais dans la salle d'attente… Ah toujours pas ? Je disais… Je disais : coucou tout le monde…

Pardon Sonia mais j'entends comme si quelqu'un envoyait de petites boules de pétanque derrière toi, c'est possible ? De pétanque ou de bowling. Ah sinon peut-être que c'est mieux si tout le monde éteint son micro quand il ne parle pas ? Oui, super ! Tu dis ? Oui, oui, c'est intéressant, le point que soulève Amandine… *(remarque quelqu'un dans la vidéo de son collègue)* Ooooh mais c'est qui ce petit bout de chou ? Tu embêtes ton papa pendant qu'il travaille Augustin ? *(pleurs)* Ouh là, c'est un chagrin ça. Oh c'est un gros chagrin. Ouh là oui. Bon, on s'en reparle au Zoom-café de vendredi peut-être ? Oui, c'est mieux. Allez, courage !

Astrid

Eh, je dois sucer qui pour avoir un café là ? Fa-briiice ? Eh bah putain tu l'as torréfié toi-même au Costa Rica ? Attends chut ta gueule, ça reprend.

(elle reprend l'antenne d'un ton lent et maniéré) On aurait pu résumer ces derniers mois par une pensée de Schopenhauer qui est toujours dans un coin de ma tête : la vie oscille, tel un pendule, de l'ennui à la souffrance. Pourtant, il est des fois où l'espoir pointe le bout de sa lumière. Le Bon, qui outre-Atlantique remplace la Brute. Les talents du monde entier qui observent l'infiniment petit pour trouver de quoi soigner le mal de ce siècle. Et puis il y a tout le reste. Il y a le dehors, et il y a l'autre. N'est-elle pas là la solution pour cesser séance tenante notre basse autolâtrie ? L'autre. L'inclusion dans sa vie d'une conclusion absolue, du renoncement à soi. L'autre. Dont vous espérez secrètement qu'il comprendra vos allusions malhabiles. L'autre. Sans qui tout s'émousse, s'affadit et se décolore

Eh Fabrice ? T'as kiffé ou pas ? Là ce que j'ai dit là, le truc sur l'altérité. T'as pas écouté ? Putain ! Écoute en podcast s'il te plaît. Parce que. Et il est dégueulasse ton café.

Ah je reconnais cette robe, je me souviens. Et cette coiffure c'est vrai que c'est joli sur elle mais franchement, maintenant, je sais pas de quoi on aurait l'air, non ? C'est vrai qu'elle avait le regard par en dessous comme ça et une petite voix qui… non ? Elle est douée la comédienne, tu trouves pas ? Bruno ? Elle est douée la comédienne qui fait Lady Di non ?

Bah « elle se tape son garde du corps, elle se tape son garde du corps ! » Oui, mais enfin tu vois bien que le Prince Charles il n'est pas blanc comme neige non plus ! Mais enfin il est odieux avec elle, tu vois pas ? Il ne s'intéresse pas à elle, pas à ce qu'elle est profondément ! Alors c'était pas la peine de la demander en mariage si c'est pour lui faire vivre une vie… une vie triste comme ça. Alors si tu peux pas comprendre que parfois elle a besoin de se changer un peu les idées avec un garde du corps, ou n'importe qui d'autre d'ailleurs franchement. Bah non, elle peut pas divorcer, non, elle peut pas divorcer. Tu vois pas que c'est compliqué pour elle ? C'est un échec le divorce Bruno ! Bah oui je m'énerve. Parce que tu comprends jamais rien… Aux séries.

Franck

(à un client qui sort de la boutique) Et n'hésitez pas à le carafer une heure ou deux avant hein le chinon, pour profiter pleinement de son potentiel.

À nous ! Dites-moi tout ? Pour demain, dac. Un apéro avec des huîtres ? Ok… Et un saumon à l'oseille… tt tt tt tt tt… On peut s'amuser un petit peu ? Vous me faites confiance ? Excellent ! Avec un saumon, n'importe qui vous filerait un sancerre ou un malbec, moi perso ça m'emmerde, c'est des associations aromatiques hyper standardisées, c'est vu et revu quoi. Moi pour ce Noël, j'irais surprendre un peu la tablée, et partir sur un rouge pas trop taniiique… digaadigadougadaaaam. Yes ! Ça ! C'est travaillé par Marc et Sylvie, qui sont deux potes vignerons reconvertis dans le nature depuis quatre ans du côté de Bréhémont, et ils font un cabernet franc juste dément. Les gars saturent à balle la cuve de gaz carbonique pour inhiber les levures et c'est ça qui donne son caractère un peu juvénile mais qui a quand même plein de trucs à défendre, et ça c'est super intéressant. On part sur une caisse ? Allez, top ! Vraiment, c'est un pas de côté, mais c'est ludique et vous aurez des trucs à raconter à table hinhin. Comme c'est Noël je vous mets un petit accessoif ? C'est un ouvre-bouteille maison. C'est moi qui vous remercie. Bonnes fêtes à vous !

Rebecca

Ça va meuf ? Et toi ? Non je suis en PLS par contre. Bah comme d'hab', je fais les cadeaux le 23 décembre dans le Marais. Je veux mourir en fait... Mais tu sais pas meuf, j'ai des cousins si gênants... Y'en a un, Sylvain, trente ans, il met des gilets à poche steuplaît, tu vois lesquels ou pas ? Ça fait cinq ans qu'il fait genre une thèse sur le Moyen Âge. Les chevaliers et les châteaux cathares, m'a dit ma mère. Déjà on dit « les chevaliers qataris », de base, et en plus c'est plutôt des gratte-ciel que des châteaux forts là-bas mais bref. Huit cents pages là-dessus… Concept !

Ah la vie n'épargne personne. Du coup je lui offre un truc en rapport tu crois ? Genre quoi ? Un plat à tajine ? Bah là y'en a un, 19,99 € chez Habitat. Bien cheum mais je pense lui il va trouver ça stylé en vrai. J'avoue, je suis scandale HAHAHA. Attends, ça va, lui l'année dernière, il m'a offert quoi steuplaît ? Une vieille BD cheloue qui s'appelait genre *L'Arabe futuriste* ou un truc comme ça. J'sais pas, j'ai pas lu. J'ai une vie à mener en fait. Moi j'ai arrêté de demander des trucs parce que que ce soit fringues ou make-up, ils ont des goûts, j'ai même pas d'adjectifs en fait. Bah de la thune du coup… Ouais…

Yvan

D'accord Mickaël. Alors, raconte-moi, cette fille dans ta classe, qu'est-ce qu'elle a de si aimable ? « Trop fraîche », c'est-à-dire ? D'accord, alors elle est ravissante. La semaine dernière tu m'as dit au téléphone qu'elle n'avait, je cite, « pas liké ta vidéo de tic-tac alors que tu faisais de la musculation ». Ce qui t'a beaucoup heurté. Et vous avez ensuite « vite fait parlé sur Insta mais elle t'a lâché des "vu" », ce qui veut dire, tu me l'as expliqué, qu'elle n'a pas répondu formellement à ton message alors qu'elle l'avait lu. Bon…

Mickaël, il existe un phénomène bien connu en psychanalyse, qui s'appelle la cristallisation. Je l'ai moi-même vécu plus jeune avec une adorable petite Amalia qui avait l'incorrigible défaut de ne pas s'intéresser à moi. Je vais te faire une confidence. Cela fait quarante ans que je n'ai pas vu Amalia. Pourtant j'essaie encore de l'impressionner, comme avec tes vidéos de tic-tac. Alors que je sais qu'elle ne peut pas me voir.

Peut-être que cette jeune femme peut être un moteur finalement. Non Mickaël, il n'est pas question de jet ski. C'est un symbole. D'accord ?

Becky

Ça va *cutie pie* ? Oh déprimée, mais il faut pas ! Est-ce que tu veux je te tire le tarot ? J'ai un ami trop fort qui m'apprend. Comme ça tu seras moins dans le brouillard. Yay, trop cool !

Ok, pense à un question dans ta tête. Tu mélanges les cartes et tu choisis quatre que tu poses *like a cross. North – South – East – West.* Ouais comme ça, super. Ok donc ça c'est la carte du Pendu. C'est pas forcément un mauvaise chose, mais des fois oui. On voit il a les mains attachées dans le dos et les arbres ils sont à l'envers. Donc c'est un peu *up and down, I guess.* Voilà.

Next, l'Empereur. On voit qu'il a du rouge sur son vêtement, qui est un peu la couleur du sang et de la vie. Donc c'est… Ah si, la constellation de l'Empereur c'est le Bélier. Toi tu es Vierge ? Okay… C'est aussi peut-être il y a quelqu'un d'important dans ta vie, comme un père, un frère, un ami. Tu l'aimes bien ton père ? Peut-être c'est ça ! Et ça c'est la Justice mais je connais moins cette carte. Il y a un épée et une balance. Aussi, c'est la carte numéro 8 et moi c'est mon chiffre porte-bonheur donc… Yay !

Do you feel better sweetheart ? Ah je suis content ! Ça va être un bonne année tu vas voir !

Jérôme

Allez les filles, allez Gérald ! On monte sur son vélo, hop hop hop ! Myriam, installe-toi s'il te plaît, j'aimerais bien qu'on commence à l'heure, pour une fois. On commence par délasser un peu la nuque. On déverrouille un peu les épaules. Et on commence tranquille avec une résistance 2. Gauche droite, gauche droite, et *ride ride ride ride !*

Si vous avez un objectif professionnel, personnel ou autre, vous vous le mettez dans la tête et vous le lâchez pas avant la fin de la séance, je veux que le Soul Cycling soit un endroit de motivation, un endroit où vous puissiez réaliser vos rêves.

Hou hou. *(il halète à cause de l'effort)*

On oublie pas de respirer Antonia, et on oublie pas de tout lâcher Gérald. Allez houuuuuuuuu et gauche droite gauche droite !

(survolté) Comme disaient les philosophes, ce qui te tue pas nous rend plus fort ! *Ride ride ride ride.*

(galvanisé) Si vous avez des chaînes, brisez-les ! Maintenant !

Les gars, on arrive à la fin de la séance, je suis hyper fier du travail que vous avez fourni, vous pouvez vous applaudir. La semaine prochaine, je fais une séance Bruno Mars et body positivisme, je vous engage à venir. Merci à tous.

(sur le divan) On ne se parle pas beaucoup, alors on regarde des séries, beaucoup. Vous avez vu *En thérapie* ? Ah oui, tout est formidable ! Le scénario, les acteurs… les acteurs ! Chapeau ! De toute façon, Arte ils font toujours des choses qualitatives je trouve, non ?

Bon, je vais vous le dire parce qu'après, si je ne dis pas les choses, en sortant d'ici j'y pense et je m'en veux et je… Enfin, voilà. C'est justement cette série qui me… Je trouve que les patients sont très prolixes, ils avancent très vite dans leurs problèmes, ils font des pas de géant à chaque séance et c'est vraiment remarquable. Mais donc je… Est-ce que vous vous ennuyez pas un petit peu avec moi ? Voilà c'est ça qui me… Parce que bon moi c'est toujours un peu pareil : Bruno, Livio, mes vertiges, mes fourmis dans les doigts, mes insomnies… C'est pas très intéressant… Psychanalytiquement parlant, je veux dire.

« Je vous aime depuis le début, je brûle d'amour pour vous ! » Non, je plaisante bien sûr. En plus Yvan c'était le nom d'un collègue de mon père qui ressemblait à un vieux crapaud. Il était très lippu comme ça… Sans offense, bien sûr.

Marina/Candra

Installez-vous sur votre tapis ou sur votre brique et prenez le temps d'arriver en vous-même. Aujourd'hui j'aimerais travailler sur Svadhistana ou le chakra sacré qui se situe au niveau de vos organes génitaux. Il correspond à l'enfant que vous êtes et s'il se bloque, vous pouvez faire face à de l'incertitude, de la honte, de la dépendance.

Inspirez, levez les bras au ciel, expirez, ramenez les talons aux fesses, attrapez vos chevilles par l'extérieur, pouces vers le haut et balancez-vous en Dhanurasana l'arc dynamique pour stimuler votre abdomen. Passez en Harda Shalabhasana si votre corps vous le permet, les pointes de pied sont actives et le nombril est relâché, placez vos doigts dans le Mudra Yoni qui symbolise l'utérus de Kali, la déesse de la transformation et de l'énergie féminine, doigts vers le bas, pouces au niveau du bas-ventre. Venez chercher le Pranayama Kapalabhati que vous connaissez bien pour dissoudre les fluctuations du mental.

Oui Sandrine, laisse aller ton émotion.

Et on expire. Installez-vous dans votre Savasana et je vais passer avec un mélange d'ylang-ylang et de santal pour ouvrir le chakra. Si vous ne souhaitez pas être touché, mettez votre main sur votre ventre et je comprendrai.

La note qui correspond au Svadhisthana est la note ré. *(elle chante)* Mmmm shanti shanti shanti shantiii-iiiii-iiiii…

Yvan

Hum d'accord… Alors, si vous me permettez, je vais reprendre les grandes lignes de nos séances précédentes. Vous avez trente ans et, selon vos dires, n'avez encore rien accompli. Les femmes vous font peur, alors vous les prenez pour des jouets et leur faites du mal. Vous sortez trop, buvez trop et prenez trop de cocaïne, ce qui vous rend irritable, paranoïaque et a complètement déréglé votre système de récompense, si bien que vous avez toujours l'impression qu'on vous doit quelque chose… Vous détestez votre travail et avez l'impression de mériter beaucoup mieux au vu de vos capacités intellectuelles, alors vous avez commencé l'écriture d'un grand roman, mais nous n'en avons pas encore lu une ligne. Enfin, vous n'avez jamais dit « je t'aime » à vos parents et vous préférez insulter vos amis plutôt que les écouter pour leur prouver votre amour.

Hum… bien. Alors j'ai peut-être une solution pour soigner votre nihilisme. Il faut regarder ce qui se passe autour de vous, dézoomer un peu. En somme, Clément, arrêtez de regarder votre kékette. Hein ? Ça ira mieux, je vous le promets. D'accord ?

Astrid

(d'une voix suave et profonde) Ce podcast n'existerait pas sans le soutien des coussins orthopédiques à mémoire de forme FullTex qui permettent de réduire la pression sur le coccyx et le sacrum et renforcent au jour le jour le plancher pelvien, afin de prévenir la descente d'organes et les fuites urinaires. Parce qu'être sûre de son corps, de sa résistance, de sa robustesse, c'est l'assurance de ne pas flancher. Et pour les femmes, et encore plus pour les femmes artistes, c'est plus qu'indispensable. C'est essentiel. C'est vital.

Ce soir la danseuse et chorégraphe lituanienne Danius Barthas nous parle de son prochain ballet, *Nes ustrem domas*, qu'on pourrait traduire par « Indomptables ». Et justement de cette force, de cette assurance qui l'a fait mettre au monde des opus de plus en plus bouleversants. Mais avant de percer le mystère troublant de Danius, écoutons avec elle « La Carpinese » d'Athanasius Kircher.

(s'adresse à son technicien) Putain, Guillaume, ça te trouerait le cul de trouver un autre partenariat là ? Je fais comment moi pour faire le lien entre l'incontinence urinaire et le ballet lituanien ? Putain… T'as appelé Chanel ? Pfff. Qui a du pétard ? Fait chier…

(elle reprend) Danius, c'est peut-être une question naïve, mais de quoi ce décharnement scénique est-il le nom ?

Rebecca

Ça va meuf ? Oui je me suis dit je l'appelle à 15 heures, c'est parfait, elle sort du Pilates. Ouais. Je me suis mis le faux piercing, c'est chiant pour les crottes de nez mais c'est beau, en vrai. Faut que j'te fasse un selfie. Bon, je te débriefe ?

Ouais, on était dans un resto meuf, je peux pas te décrire, c'était un italien, mais pas un italien genre fooding avec un bar en marbre ou quoi, c'était genre un italien sale avec des serveurs qui te maltraitent, tu captes ou pas ? Ouais, voilà. Il a pris des pâtes à l'encre de poulpe ou j'sais pas quoi, et il en avait plein les lèvres, ça m'a dégoûté genre. Là, il me dit : « Ouais je travaille dans la banque. » Là je me dis, oh putain avec ma chance c'est quitte ou double. Soit il est au guichet et il fait trop pitié, soit il a plein de pognon. Donc je me dis ouais, vas-y je me lance. On va chez lui à côté, donc j'me dis bon déjà c'est cool, il est dans un arrondissement à un chiffre, je me détends, tu vois. Nan, c'était pas du Ikea quand même, mais c'était chaud, genre y'avait des tableaux Habitat et des luminaires années 2000 tu vois ou pas ? HAHAHAA, j'savais que tu voyais. Et là il me propose quoi ? Des chocolats Mon Chéri meuf ! J'étais au bout de ma life et – coup de grâce – il me fait « je crois que j'ai un coup de cœur ». Là, j'ai eu la nausée, je suis partie en courant, j'ai fait genre j'avais une urgence.

J'sais pas ce que j'ai fait meuf pour mériter ça en fait…

Séverine

Oui Sylvie, dis-moi ? Dossier Husson… dans le tiroir à gauche tu regardes à « en cours ». Je t'en prie ! *(le téléphone sonne)* Cabinet Durand, bonjour. Pardon… ? Euuh *one minute* !

Sylvie, il… il parle anglais, je fais quoi ? Tu sais bien que je ne le parle pas ! Argh la barbe !

Aaaah allô ! *So… can you tell me ze demand ? Yeah… (à Sylvie)* « Invoice » c'est quoi ?

Argh… *Ok, can you… (à Sylvie)* Épeler, épeler ?

Can you spem your name ? I… Y… Je… *Reference maybe ? You know what ? We're gonna do, we're gonna do…* Ahgtfghgshgshg. *(elle fait des bruits dans le téléphone comme si elle n'avait plus de réseau puis raccroche brusquement)*

Pardon j'ai pas pu faire autrement, mais je comprenais rien avec son accent… Je… je… je… j'ai eu une poussée de tachycardie… J'hyperventile. *(le téléphone sonne à nouveau)* AH NON LÀ J'EN PEUX PLUS !

Alicia

(fait un discours de mariage. Elle lit) Ma Élodie. Quand je t'ai connue, tu n'avais pas confiance en toi, voire pas confiance du tout, et tu complexais beaucoup par rapport à moi, ce qui n'était pas toujours justifié, selon moi. Tu es passée par des questionnements capillaires disons… osés, pour être politiquement correcte. Quelques preuves à l'appui. *(elle montre des slides sur un écran)* Ah mince… ah voilà. Hihihi d'abord la période Spice Girls, la photo parle d'elle-même, je crois. Ensuite… Destiny's Child ! Là tu avais manifestement dû te lever du mauvais pied, ce qui t'arrivait souvent, quand même, il faut le dire. Et le meilleur pour la fin – *(s'adresse au technicien)* non, celle d'avant, celle d'avant – ah petit problème… ah voilà ! Christina Aguilera ! La phase avec rajouts et mèches de couleur. Pas au goût de ton chat Guizmo à en juger par son regard… *(elle a du mal à se relire)* euh par son regard. Mais trêve de photos dossier.

Depuis que tu as rencontré Michaël, tu es rayonnante et pleine d'espoir, et c'est maintenant à mon tour de t'envier. Et j'ai toutes les raisons du monde pour cela, quand je vois l'électricité qui passe entre vous, les deux tourtereaux.

J'ai fini, je donne le micro... ?

Yvan

Ça fait longtemps, Marianne, qu'on se connaît toi et moi, je ne sais pas comment j'aurais fait toutes ces années sans ton suivi. Mais, tu vois, depuis quelque temps je me pose des questions sérieuses sur ma façon de suivre mes patients. Je ne sais pas si c'est la génération qui change, moi qui vieillis, mais j'ai le sentiment de sortir sans arrêt de la neutralité psychanalytique que notre profession demande... J'ai le sentiment de n'avoir que des pauvres petits enfants riches obsédés par leur image, la pop culture et le nombre de leurs conquêtes. Est-ce que tu le sais toi, Marianne, où est passée la recherche de la compréhension des processus psychiques profonds, je te le demande ? ! Je n'ai plus envie de les aider réellement, j'ai plutôt envie de leur administrer des petits coups de boule et des griffures, et de leur hurler dessus. C'est grave docteur ?

Parfois je me dis que je ferais mieux d'ouvrir un stand de gaufres dans le Morbihan… Sais-tu que je fais de très bonnes gaufres ? Avec de la cannelle. Mmmh.

Oh, tu sais, j'ai entendu une bonne blague, veux-tu l'entendre ? Combien faut-il de psychanalystes pour changer une ampoule ? Un seul, mais il faut que l'ampoule ait vraiment envie d'être changée. Humhumhum.

Isabelle

(elle joue au Time's Up) Bon, Xav', tu te concentres un petit peu, on n'a plus beaucoup de temps. Alors, qui est-ce qui écrit en chiures de mouche comme ça, c'est toi mon Élise ? Oui, alors : il aime les pommes, il mange des

pommes, il veut que tout le monde mange des pommes. Non, des pommes, des pommes ! Ah chier ! Bah enfin Xav', Chirac ! Bah oui, les pommes ! « J'aurais dû dire président… » T'es gonflé ! Je suis sûre que tu m'aurais répondu VGE à tous les coups. Les pommes : Chirac ! C'est pas compliqué quoi, merde ! Bon Joséphine, tu notes zéro s'il te plaît au lieu de faire la zouave ?

Ah mais vous faites que des filles qu'on ne connaît pas là, les jeunettes. C'est qui Ariana Grande ? Une chanteuse ? En v'là une autre. Mais je connais pas moi, je connais pas, c'est emmerdant !

Ah, j'ai ! *(elle fait mine de fumer la pipe)* Mais non, pas Popeye ! Non, il avait une moustache ! « Ah ! On ne peut pas parler »… Dis donc, Élise, ta fille c'est un vrai petit dictateur ! Pardon, Ceausescu ! Bon, personne ? C'était Jung ! Mais non, Carl Gustav Jung, le psychanalyste, avec la pipe et la moustache ! Enfin… Oui bah c'est emmerdant ce jeu, on connaît pas les mêmes trucs, chacun est dans son couloir. Chier quoi ! Alors qu'au Trivial Pursuit vous connaissez rien, on connaît tout et puis au moins on se marre ! Voilà.

(il chauffe sa voix)

Mamatamatamatmaaalesusagesdeshonnêtes indigènesdeZanzibaroOoUuuuu…

Putain Benoît excuse-moi je suis désolé, c'est pas très pro. D'habitude je réveille mon masque au saut du lit mais là, j'ai pas eu le temps, j'ai eu une panne de réveil.

En fait, j'ai fait une insomnie de ouf, je lisais Artaud et c'est venu me chercher sur un truc en moi, mais quasi thaumaturgique en fait, j'ai pas pu fermer l'œil, j'étais en bicyclette, tu vois ? Et alors, faut que tu me dises si c'est pertinent ou pas pour toi sur le plateau, mais moi je me suis rendu compte – je me suis pris la tête toute la nuit – que Mesa, en fait, j'avais envisagé ce perso depuis le début avec la technique de Meyerhold et en fait peut-être que c'est de Stanislavski dont on a besoin ! Ça fait des semaines que je me sens bloqué et, en fait, ce qu'il faut, c'est amener Mesa ailleurs. Encore une fois c'est une question de moment, d'instant hein… Mais là moi, ce dont j'ai besoin pour cette mise en scène, ce projet – c'est de me mettre en danger. Tu vois ou pas ?

J'ai travaillé un truc – tu me dis si ça te parle – j'ai pas encore bossé mes gutturales, me juge pas là-dessus, mais juste sur l'intention ok ?

(emphatique) « Me voici couché sur la terre prêt à mourir, comme sur un catafalque solennel... »

T'as pas le sentiment qu'on redécouvre un truc, là ?

Annick

Alors Justine, j'en ai pas souvent des Lion ascendant Verseau hein, ça me plaît. Vous m'avez dit, vous êtes avocate pénaliste, vous êtes mariée depuis huit ans, des amis, vous êtes heureuse, vous avez des enfants, deux. La question qui vous fait venir : en faire un troisième, ou pas. Bien.

Alors moi, déjà, j'ai un problème avec la profession. Pour moi l'avocature n'est pas du tout le lieu de votre épanouissement. Vous voyez, là, on me donne Poisson en Maison 10, c'est le commerce. Et plus précisément le commerce de bouche, voyez, le travail manuel, quotidien, le travail commerçant. Il est en vous, ça c'est très clair. Je dis ça par exemple, hein, mais des beignets, des frites, des churros voyez, quelque chose fait maison, comme ça… Ça, ça vous irait très, très bien. Oui, oui, oui.

Et puis pardon, mais il vous faut de l'eau vous hein, impérativement. La vie urbaine va vous brider, vous étouffer même. Alors, euh, pas l'océan, mais je dirais la Manche. Avranches, Saint-James… Ça ça vous irait bien.

Alors, comme toutes les Lunes en Sagittaire, le phénomène un peu clanique de la famille n'est clairement pas pour vous hein.

Donc non seulement je ne ferais pas de troisième enfant, mais surtout je m'éloignerais un peu des deux autres hein, oui. C'est important, c'est nécessaire je dirais.

Ça va meuf ? Ouais et toi ? Non j'avais rendez-vous à 13 heures, j'suis pas retournée au boulot. J'suis dans une boutique, t'sais la trop belle boutique un peu concept-store, un peu design ? Ouais j'avoue, j'suis ruinée, mais bon. HAHAHAH, j'suis scandaleuse putain. Attends deux secondes.

Monsieur y'a pas le prix sur le gilet. 425 ?

C'est un gilet en lapin sans manches meuf, il est mais chan-mé, je me tâte trop. Ouais mais en même temps tu le gardes toute ta vie, tu vois, c'est une pièce. Ah et meuf, on en parle des faux ongles ? Parce que moi ça a tenu vingt-quatre heures en fait, c'est scandale, on dirait une clocharde, genre. Ahhh tu vois je t'avais dit que c'était de la merde la manucure vietnamienne.

Sinon, attends, j'achète… tu sais y'a des enceintes pour la musique mais *design.* En mode comme à l'époque de la guerre, tu vois ou pas ? C'est trop mythique, j'adore. J'sais pas meuf, j'ai envie de m'acheter un truc, cherche pas. J'avoue j'suis scandale.

Non je sors pas, j'ai la flemme, je vais me faire genre Deliveroo-Netflix. Bon, meuf, c'était trop bien de parler avec toi, ça m'a fait grave plaisir. Ouais, moi aussi, bisouuuu.

Julien

Alors, 136 lm = 15 watts, éclairage à 180° blanc... ah la con de toi... Excusez-moi ? Faut avoir fait Polytechnique plus l'Énarque pour acheter une ampoule maintenant ? Beh sérieux, c'est un truc de fou. Moi je vais vous dire, c'est tout simple, chez moi j'ai une lampe. L'ampoule elle a cané. Je viens pour prendre une ampoule de rechange, et basta. Là ça fait un quart d'heure, on dirait le recrutement pour la station spéciale internationale. Kessecé les lumens, les watts, les LED, l'indice de rendu des couleurs, les inclinaisons... Vous devez retrouver des clients en crise d'épilepsie nan ?

Comment ça pour quel usage ? Monsieur, vraiment me faites pas maronner ! Pour éclairer ! Le cafoutche, la réserve du garage. Lumière chaude ou froide ou tiède en vrai je m'en balec' c'est juste pour pas confondre le Destop avé le jus d'orange voyez ce que je veux dire ? C'est pas pour *Marie Claire Décoration* en fait. Heu, non c'est pas baïonnette, ça se visse je crois. Putain je sais pas... Nan baïonnette ! Aaaaah, sa grand-mère en short. Je vais serrer. Petit ou gros culot ? Vraiment ? Je sais pas, j'abandonne donnez-les-moi toutes, je veux mourir ! Allez, voilà, les quatre. 'Tain j'avais pas prévu de me faire victimiser au rayon ampoules du Castorama de Plan-de-Campagne, je suis bien content de m'être levé ce matin té ! Je vous remercie. Attendez... *(dépité, s'éponge le front)* J'ai aussi besoin de chevilles pour fixer une étagère...

(en nage) Bon allez Séverine, cette fois-ci, c'est la bonne. Allez ! *(sur différents tons)* Bonjour. Bonjour. Bonjour… Allez. « Bonjour, vous êtes bien au cabinet Durand, merci de bien vouloir patienftzer… » Roh c'est pas vrai…

Ah ! Sylvie, Sylvie ? Tu penses que tu pourrais l'enregistrer toi, le message d'attente ? Parce que j'y suis depuis deux heures et c'est pas du tout naturel pour moi ce genre de trucs, ça va trop vite, je stresse alors je bafouille, puis j'ai chaud et ça me fait des remontées acides, je te jure. Non ça peut pas être Sylvain tu sais, Monsieur Durand veut que ce soit une femme, il trouve que c'est plus accueillant, et puis en plus je dois finir le compte rendu de mes clients danois… Là je… Ah tu as un rendez-vous médical là ? Tu es malade ? Un drainage lymphatique ? Non je connais pas, mais c'est quoi ? C'est comme un massage un peu ? Ah c'est bien. Bon, et tu reviens pas après ? Directement à la campagne, d'accord. Eh bah, je vais me débrouiller. Ça va finir par venir j'imagine. Bon, bon week-end Sylvie alors !

(elle soupire de désespoir, le téléphone sonne) « Allô, cabinet Durand, bonj… Burp. »

Franck

(boit une gorgée de vin) Il est dément ! T'as vu l'allonge qu'il a ? Toute façon, c'est miraculeux les chardonnay des terres froides y'a pas à chier hein. Sérieux, c'est meilleur qu'un puligny-montrachet alors que les gars sont installés depuis trois piges quoi. Mais ouais, les gars sont pas prisonniers de leur châteaux, de leurs AOC, de leur appellation. Y'a plus que les punks qui m'intéressent en fait je crois. Attends y'a un retardataire.

On a fermé il y a cinq minutes monsieur mais si c'est une urgence d'ordre vinicole, je peux peut-être faire quelque chose pour vous ! Y'a pas de souci, allez entrez. Un grand cru saint-émilion pour beau-papa ? *(il fait semblant de s'endormir) Zzzzzzz.* Nan mais pardon hein, c'est juste que c'est pas tout à fait la philosophie de la maison, en fait. Ben, pour vous la faire courte, les bordeaux à cent balles qui partent à 95 % à l'export, pour des milliardaires chinois qui les mélangent à du Coca, pas trop ma came... Ouais non, les étiquettes écrasantes et bourgeoises là, qui ont le monopole depuis trois cents ans, c'est un petit peu le vieux monde pour nous. Donc on va essayer d'impressionner beau-papa autrement si vous voulez bien. Bopbopbopbopbop... Allez hop un saint-nicolas-de-bourgueil, élevé en cuve bois grenier, souple, dense, charnu et surtout ça se prend pas pour ce que ça n'est pas. Voilà, c'est à prendre ou à laisser, sinon y'a Le Repaire de Bacchus de l'autre côté du boulevard. Merci, au revoir ! *(la porte claque)*

J'suis atterré putain... Je te ressers ?

Christelle

Eh alooors ça fait longtemps ! Vous êtes bronzée, hein, ça vous va super bien, vraiment ! On file en cabine ? Allez.

Dites donc, il était temps que vous veniez me voir, hein. Mon Dieu, et comment vous faisiez, vous mettiez un shorty ? Ah ouais, fallait ça, au moins hein. Allez, on s'y met, pas une minute de plus hein ! Hihihi. Allez, soufflez. *(scratch)*

Alors c'était quoi vous votre programme cet été ? Formentera ? *(scratch)* Nan, ça je connais pas. C'est en Italie ? C'est pas une marque de chaussures aussi ?

Moi j'étais sur la Côte d'Azur avec ma famille d'abord. Et ensuite, une semaine avec mon amoureux. Mais bon j'ai mis du temps à m'acclimater hein. Ah ben la mentalité ça n'a rien à voir.

Les gens de la Côte d'Azur, rien à voir, j'ai mis du temps, aaah ouais, ah non non, rien à voir. Sifnos ? Nan je vois pas, ça s'écrit comment ? Ah comme le SIF hahaha.

Ah île de Ré, je connais par contre de nom *(scratch)*, mais c'est île de Ré « é », pas « aie » hihihihi. Nan pardon je plaisante, c'est moi... Hum. *(scratch)* Soufflez.

Gaëtan

« Déjà le soleil descendait par-delà le mont Chauve autour duquel un double cordon de soldats montait la garde. »

Ouais mais tu vois... là j'ai l'impression de faire un sort à « chauve », et j'ai l'impression que ça va pas avec Boulgakov, tu vois ? Dans l'idée.

Nan mais attends, Benoît, pas du tout, je suis pas du tout en train de remettre en question tes indications, mais nan, mais simplement Boulgakov, son œuvre, c'est quand même un vaste discours pamphlétaire contre les apparatchiks qui s'accaparent la culture. Donc, moi, en le jouant comme ça, j'ai juste l'impression de le trahir... Mais parce que, mais parce que c'est...

c'est didactique là. C'est… c'est… pfff, c'est rationaliste quoi, c'est notionnel, je… pfff…

J'sais pas, je me sens le cul entre deux chaises là, tu vois ?

J'te montre juste comment je pense que ça pourrait être mieux : *(de manière presque identique à la première fois) « Déjà le soleil descendait par-delà le mont Chauve autour duquel un double cordon de soldats montait la garde. »*

Tu vois, c'est dingue hein. Suffit de rien. Putain… Roh le théâtre !

Isabelle

Ah mais c'est évident, c'est évident ! Bah dis donc Xav', *(elle montre son verre à pied)* on plaint nos verres vides là, mais que fait le maître de maison ? Bah oui, mon vieux, c'est ton travail, c'est comme ça depuis des siècles, l'homme sert le vin et la femme se tape tout le reste. Bon tu nous ressers ? On n'a pas vendu de crème fraîche aux Allemands que je sache ?!

(décoiffée) Nooon, vous n'allez avoir aucune olive cette année alors ?! Tout a gelé ?! Han chieeer, ah ouais, chier, merde ! Mais alors vous allez venir faire la récolte chez nous à l'automne, en Provence, non Xav' ? Ah ben c'est entendu, vous allez voir, c'est hyper sympa ! Les enfants viennent avec tous leurs copains pendant le week-end, c'est génial ! D'ailleurs Étienne a un copain qui a la carrure d'une machine à laver, qui est fort comme un Turc, il te soulève des seaux entiers d'olives jusqu'à la grange, sans sourciller, c'est dément ! Non Xav' ? C'est dément !

(encore plus décoiffée) Mais tu rigoles ! Je demande à Maria de nous faire des gratins et des machins à l'avance, comme ça je m'emmerde pas. Non mais parce que sinon tu passes ton week-end au four et puis jamais au moulin à faire de l'huile d'olive, tu vois ce que je veux dire ! Et puis Xav', tu nous feras des grillades, hein ? Hé oui mon Xav', parce que ça aussi c'est votre travail, les grillades et le pinard, mais ça a du mal à te rentrer dans la tête, j'ai l'impression ! Tu nous ressers s'il te plaît ?

(un discours de mariage, elle lit ses notes avec application) Marion, Anthony. Que de péripéties avant de pouvoir tous enfin vous réunir pour cette union tous ensemble autant que nous sommes, dans cet endroit si beau et si magique. C'est une pandémie mondiale qui vous a obligés à décaler par deux fois ce si beau mariage que nous attendons tous… *(elle se reprend)* que nous attendions tous, surtout vous. Il y a ce virus malheureux, oui, mais il ne faut pas oublier un virus heureux qui se propage vitesse grand V autour de vous tous… autour de vous. Je parle du virus de l'amour. Dont le foyer infectieux a débuté un certain soir de juin 2017 à la soirée pintathlon du BDE… de notre BDE de notre si belle école. Anthony était le patient zéro mais après quelques pintes, le système immunitaire de Marion n'a pas résisté et la voilà quatre ans plus tard encore fiévreuse de la passion que vous vous portez… que vous vous portez tous les deux mutuellement. Ce qui est sûr, c'est

que votre amour a une charge virale immense, qu'il est très, très contagieux et à la différence de l'autre, j'espère de tout mon cœur qu'on ne trouvera jamais de vaccin, ni de traitement pour celui-là… De virus.

Annick

Suzanne, c'est assez amusant parce que, quand je regarde votre thème, je vois, c'est drôle, très peu de personnalité. Euh et c'est assez rare je dirais, donc bon, une incidence assez négligeable sur le monde finalement, hein, bon. Pas dramatique hein ! Bon.

Alors, vous voulez qu'on parle un peu de votre nouveau petit ami, hein. C'est vrai que c'est un beau Scorpion ascendant Verseau. Ça bouge chez lui, il y a beaucoup de feu, de projets, d'envies, c'est drôle, c'est gai, c'est une très belle personne hein, ça c'est sûr. Mais alors, de ce que me donne votre ascendant, ce n'est pas vous qu'il lui faut hein. Hmmm non. Il a besoin de quelqu'un qui a de l'énergie vitale, je dirais, obligatoirement. Mais ne vous mettez pas martel en tête hein, ça va se finir tout seul. Il s'en rendra compte. Il en viendra très, très vite à la conclusion.

Et puis alors pour moi ce ne sera pas la seule rupture, hein, parce que je vois courant mai-juin de l'année prochaine une rupture de contrat, hein. Vous êtes en CDI ? Oui c'est ça, alors c'est ça oui. J'ai Saturne qui me le donne hein ça sent la fin hein. Oui, oui, oui… bon.

Rebecca

Bonjour, donc Rebecca, vingt-sept ans… Non, j'ai pas d'agent encore. Ouais ouais, ça va, mais j'ai vachement attendu quand même. Ah c'est vous le réalisateur ? Stylé. Et vous avez réalisé beaucoup de trucs ? Cool. Ouais, je suis prête. Juste le texte, fallait le savoir en entier ? Ah j'étais sûre… Non mais c'était très long quand même non ?

Je fais genre je parle à elle ? Ok vas-y !

« Dis donc Jean-Luc… Dis donc Jean-Luc, tu ne penses quand même pas que c'est moi qui vais m'occuper de tout ce barda ?! Je ne suis quand même pas ta bonne à tout faire ! » (elle pouffe)

Pardon ! Pardon c'est les prénoms, les expressions et tout, je m'en remets pas. Jean-Luc… Quid ?

« Non, j'ai ma réunion au LMF… MLF ? Non j'ai ma réunion au LMF avec Nicole donc tu te débrouilleras bien tout seul Jean-Luc. »

Après je connais pas, par contre. C'est fini, on refait pas ? Ooook, bah bonne soirée alors !

(au téléphone) Ça va meuf ? Et toi ? Ben un film sur des meufs qui font que gueuler mais stylé en vrai, tu vois ou pas ? Ah mais c'était si ouf il m'a même pas fait refaire, genre. Mais t'inquiète, je t'oublierai pas quand je serai une reu-sta HAHAHA.

Ça va ma vie ? T'y as pris au bar à salade hein ? Maïs-thon-roquette ? Dégaine ! Donne ! T'y as changé de parfum ! Arrête de mythonner on dirait t'y es tombée dans la réserve du Sephora… Aaaah ! Tu sens comme cette estrasse de Cindy. Rien que de respirer à côté de toi ça me met les nerfs. Allez avance, j'vais te ruiner.

C'est qui les tromblons à notre place ? Ah c'est mort ! Jamais de la vie je change de spot. Bé je vais me les encaper, ma foi.

Excusez-moi ? Vous êtes nouvelles ici nan ? De Paris ? Aaaah c'est ce que je me disais. Parce qu'en fait, comme apparemment vous êtes pas au courant, de ce rocher à ce rocher, c'est la place à Leslie et moi, tous les midis. Depuis quand ? Depuis que ta mère elle mange des figues sur le Garlaban. T'y en as d'autres des questions de merde ? Ah ! Tu veux faire la mariolle ? Alors jt'esplique. Avec tes copines et leurs petits coups de soleil de Parisiennes de pétasses de merde, vous allez prendre vos sandwiches à quinze euros, votre cul par la poignée et vous giclez de là sinon c'est pas que je vais vous faire du mal, c'est que je vais en prendre une pour taper l'autre et si besoin tous les collègues de la Anse de Maldormé c'est mes collègues, et en 2'2 ils viennent m'aider tu vois ce que je veux dire ? Voilààààà. Bien sages. Assis-toi Leslie. Bien sûr j'ai raison. C'est à cause de pétasses comme ça le café il est passé à deux cinquante sur la Corniche. On va pas se faire victimiser non ? Je rêve… T'y as mis où la vinaigrette ?

Astrid

(d'une voix maniérée et suave) C'est une aventurière de la littérature, notre invitée. Chercheuse d'omniscient et trouveuse d'informel, elle interroge sans relâche la place du monstrueux dans le monde entortillé et nébuleux dans lequel elle vit. Tantôt égérie, amazone ou maîtresse, elle nous adresse avec pudeur le

réflecteur de nos conspirations coupables. Une plume saisissante et rustique qui nous plonge dans nos propres antilogies étriquées. Judith Forcas, bonjour. Pour moi vous êtes le Martin Eden du XXIe siècle et je voulais vous demander depuis longtemps : c'est quoi votre rapport au transitoire ?

Judith, vous avez choisi pour nous ce soir la Nocturne n° 2 de Chopin. C'est parti.

(à son technicien) Putain je suis désolée si ça prend du temps à partir, je me suis mis une race de ouf hier. J'sais plus où j'habite là. Euuuuh Fabrice, faut baiser qui là pour avoir un verre d'eau ? Ouais. Et c'est quoi ces sièges à la con là ? J'ai l'impression de m'asseoir sur un élevage de moules. Ouais je te jure, c'est relou, c'est relou.

(elle reprend) Nous recevons ce soir la romancière et essayiste Judith Forcas qui n'a pas fini de vous désorienter.

(au téléphone) Ça va ma Constance ? Excuse-moi, j'ai oublié de te rappeler l'autre soir. À l'opéra. *Le Viol de Lucrèce*, tragédie lyrique en cinq actes par un metteur en scène géorgien. Bah ça t'évoque quelque chose qui se rapproche d'une bonne soirée toi ? Non, évidemment, on s'est fait chier comme des rats crevés, comme toujours. Mais je sais pas dire non quand ils nous invitent, les Husson. Voilà je suis trop conne, trop polie, trop bien élevée, c'est tout, qu'est-ce tu veux. C'est bien la peine d'avoir cinquante piges si c'est pour même pas réussir à dire merde à ces ploucs…

Xav' ! *(elle l'appelle hors champ)*

Oui on est au Mas là pour le week-end. *(bruits de machine agricole)* Tu m'entends là ? Ouh là, je ne sais même pas par où commencer. Je te la fais courte. Xav' qui est en train de devenir complètement con, disons les choses, a viré le jardinier pour se faire livrer un tracteur de la taille d'un immeuble faubourien, faut voir le truc. Et ça fait depuis ce matin qu'il essaie tous les accessoires. Là on en est au gyrobroyeur si tu veux. D'ailleurs il gère pas du tout son truc, c'est affligeant. Un quoi ? Un ballet contemporain à la ville ? Oui, oui, bien sûr je t'accompagne. Oh chier ! Oh le con ! J'en étais sûre ! Bon Constance je raccroche, Xav' vient de niquer le tilleul excuse-moi.

Mais Xav' enfin c'est dingue d'être aussi nul ! Je suis pantoise !

Gaëtan

« Et cet enfant est une femme et voilà que l'on rit quand elle rit… » Qu'est-ce… Qu'est-ce qu'il y a Benoît ? Ok. D'accord…

Heu, est-ce que je peux me permettre une toute petite remarque à ton endroit Élodie ? C'est juste que j'ai l'impression que t'as pas fait un travail d'analyse approfondie de cet acte et que, bah malheureusement, t'es pas toute seule sur scène, et moi j'ai vraiment besoin que tu me donnes à bouffer, en fait. Vraiment !

Arrête-moi si je me trompe, hein, mais on dirait que t'as enlevé toute la dimension évangélique de Claudel. Enfin, c'est comme si t'enlevais le jansénisme chez Racine, c'est c'est une hérésie, quoi. Attends 'tends, laisse-moi finir. Mais, tu vois, quand tu dis « *Que craignez-vous de moi puisque je suis l'impossible* », bah faut qu'on entende le blasphématoire. D'ailleurs, Claudel l'a écrit dans une préface un peu tardive : « *C'est la lutte de la chair contre l'esprit* », tu vois. Et ça, faut qu'on l'ait quoi... tu l'as lu ça Benoît ? Putain, je te le ferai passer, c'est hyper éclairant.

Oui, et puis te prive pas de la gourmandise des mots, ce serait trop con, tu vois. Putain, là c'est Claudel, kiffe, amuse-toi, quoi !

Élodie ? Pourquoi tu... pourquoi elle s'en va ?

Ouais, c'est ça, barre-toi ! Et reviens avec du talent si tu peux. Nan mais je rêve, zéro humilité quoi !

Joue… Allez fils joue ! Ça fait depuis l'an pèbre que tu réfléchis là. Allez boulègue boulègue boulègue. 110 trèfle ? 120 cœur. Nan attends. 150 cœur. Et alors, j'm'en bats les couilles, qu'est-ce t'y as tu te chies de perdre ?

Contrée ? Qué contrée, sérieusement mais t'y as quoi à cœur t'y as un pauvre 8 tout pérave nan ? Allez, feu, surcontrée. 150 cœur contrée surcontrée ouh ça me met les poils d'excitation. Vé mon bras !

Bon ceux qui perdent, c'est de belles grosses merdes, et ils doivent plonger dans le Vieux Port. Nan il doivent furer le cousin à Victor. Ah ça c'est bien un gage d'angoisse ça nan ? Avec sa tête de cabestron là. Oh la dernière fois qu'il s'est lavé les dents lui, y'avait encore la tête à Zidane sur la Corniche ahahahahah. Ça va t'inquiète je les ai les points.

(il plisse les yeux de concentration puis explose) Mais d'où tu surcoupes la con de ta grand-mère !!! J'étais maître !!!! Haaaaaaaaan mais c'est quoi cette brêle ma parole, je vais te néguer fils.

(de nouveau concentré) Attends je compte… 2, 7, 13… Putain… À un point près… Quoi ? Bé bié sûr que j'ai qu'une parole qu'est-ce t'y as cru… VICTOR ??? Il est où ton estrasse de cousin là ?

Rebecca

Ça va meuf ? Ouais et toi ? Ouais je sais ça fait très, très longtemps. Mais ouais j'avais grave de trucs à faire. Bah genre j'ai fait des mèches. Chez un gars qui s'appelle Louis qui fait genre un peu toutes les stars et qui fait genre tellement bien des mèches qu'on dirait même pas que t'as fait des mèches, c'est un concept genre. Ouais, stylé. Donc j'ai fait ça, j'ai acheté des pulls, enfin… Plein de trucs quoi. Déso pas déso. HAHAHAHA j'avoue je suis scandale.

Mais t'es ouf ou quoi ? Bien sûr que je télétravaille, je peux même me faire livrer de la bouffe avec les tickets resto du bureau. C'est de la bombe ! Mais oui.

Et là j'avais une prèz pour genre recruter de nouveaux clients Sandro en omnicanal. J'étais là genre no way, je suis pas votre esclave en fait. Donc j'ai fait faire à ma stagiaire elle a les dents qui rayent le carrelage comme une Kardashian genre. Oui mais je lui ai dit qu'on lui trouverait sûrement un poste après son stage. Bah ouais meuf on n'attire pas les moustiques avec du miel, qu'est-ce tu crois. Bref voilà.

En vrai, moi, si ça reconfine, tant mieux parce que j'ai tellement de trucs à faire. Bah mes ongles c'est nimp', j'ai tant de séries à finir que j'ai pas eu le temps de finir, ça me stresse genre. D'autant que j'ai prévu d'en faire mon métier donc faut que je me cultive. Actrice-interprète meuf, j'ai pas abandonné hein... Ou chanteuse au pire.

Mais grave, on essaie de se voir selon nos dispos. Je te garantis rien. Ok. Bisouuuus.

Alors ce qui me frappe, moi, d'abord, Camille, dans votre thème, c'est que vous êtes une vénusienne hein, clairement, très féminine, comme ça, très vaporeuse… Mais il y a aussi chez vous, et ça c'est votre Lune en Gémeaux qui me le donne, quelque chose d'assez « à la surface des choses » hein, superficiel, qui vous rend d'ailleurs assez peu attachante hein ? Pour les autres…

Je vois aussi très bien votre papa hein, un beau Bélier ascendant Scorpion. Ça doit pas être facile hein, mais bon, aimant, sécurisant. Les épaules carrées comme ça. Bon, j'imagine qu'il n'est plus avec votre maman, hein. Je vois beaucoup de femmes autour… Il est encore avec votre maman, d'accord. Alors je ne m'en mêle pas hein, bon.

Pour ce qui est de votre maman, en revanche, là c'est le colon qu'il va falloir surveiller hein, parce que là après automne 2021 moi je n'ai plus rien hein. Donc en général… C'est… Oui ça sent le sapin hein, en général… Oui…

Alors avant que j'oublie, hein, vous allez être un peu enquiquinée par Jupiter hein. Jusqu'en mars-avril... Si vous êtes en scooter, portez des gants bien épais hein, vous risquez de vous faire sectionner un doigt ou deux, hein faites attention... Jusqu'en mars-avril hein...

Yvan

Hum d'accord. Et cette rage, comme vous dites, elle reste engluée dans votre poitrine, n'est-ce pas ? D'accord. Laetitia, pardonnez-moi à l'avance, je vais sortir l'espace d'un instant de la neutralité psychanalytique qu'exige ma profession. La raison et peut-être l'unique raison de votre malheur et de votre mal-être est que vous êtes mariée à ce que j'appelle, en des termes qui me sont propres, un gros con, un vrai bon connard de merde, qui vous pourrit la vie. Alors oui, ça raconte peut-être des choses sur vous, ça raconte que vous êtes un peu naïve et que vous vous êtes probablement mariée trop jeune.

Mais on ne fait pas de psychanalyse pour ça. Je vais donc vous faire économiser beaucoup de temps et beaucoup d'argent et vous donner un seul conseil : barrez-vous. Barrez-vous maintenant, et ne lui donnez plus jamais de nouvelles. Voilà. Pardonnez mon langage un peu cru mais, parfois, les lacaniens ont leurs limites.

Julien

(dans un jacuzzi) Putain on est mieux là qu'en prison hein. Hein ? Naaan, j'suis pus avec Laeti. Aaah elle m'a cassé les couilles… Mais nan mais soi-disant que je l'ai trompée. Oui, c'est vrai. D'accord, mais sois moderne un peu, nan ? Arrête de nous casser les couilles pour rien, là. Aaah ça va… *(il se mouche dans l'eau)* Ah, pardon.

J't'ai dit que j'avais trouvé des investisseurs ? Nan pas pour la cigarette électronique, c'est de la merde ça. Nan, nan je fais un snack. Ouais, ouais.

Je vais faire un snack de burgers, dans le centre. Ça va être une boucherie frère. Si t'y es pas trop mongolien, l'affaire c'est un coffre-fort fraté, cherche même pas.

Beh ouais j'ai pissé qu'est-ce ça fait ? Et allez, monsieur le pédé, c'est ça, va te laver… Frotte bien hein ! Sérieux…

Isabelle

Eh ben on fait ça jeudi en huit avec Xav' et ton homme à la Chabrerie. Je te laisse j'ai ma fille qui vient prendre un café avec sa vieille mère. Je t'embrasse.

Bah qu'est-ce qui t'arrive ma puce ? On dirait le croisement entre Philippe Seguin et un lapin myxomatosé, c'est le pollen ? Philippe Seguin c'était… Non mais laisse tomber.

Édouard t'a larguée ? Il avait besoin de retrouver sa liberté ? Parce que quoi, tu le menottais au radiateur ton Édouard ? Excuse-moi je cherche à comprendre. Oh chier… Bon

Sixtine, écoute-moi bien, les petits trous de balle dans son genre, je les connais comme si je les avais faits. D'ailleurs j'ai fait ton frère, y'a qu'à voir. Là, ça fait le beau dans la cour du lycée et ça brise des cœurs avec sa petite mèche de poseur, et ses fringues à trois briques, en imaginant qu'il va bouffer le monde. Ça va s'enfermer deux ans à boulotter les petits plats de sa mère pour préparer HEC, qu'il aura pas par ailleurs parce que c'est pas le couteau le plus aiguisé du tiroir – pardon de le dire. Comme il aura déçu son polytechnicien de père, il va passer le reste de sa vie à essayer de lui prouver qu'il est compétent, alors après cinq ans de beuveries avec d'autres petits merdeux dans une école de commerce moyennasse, il va lancer trois start-up à la con, qui vont se casser la gueule coup sur coup. Et puis à quarante-cinq piges plus de mèche, juste un pauvre gars reconverti dans l'immobilier de prestige qui aime les grosses montres et qui a toujours rien réglé avec papa. Non, ma chérie, trouve-toi un punk, un artiste, une fille pourquoi pas ? Amuse-toi ! Mais Édouard, pffff. Au se-cours, AU SE-COURS.

« Pardonne ces dernières lettres affreuses, j'étais ff... » Excusez-moi mais l'instal' lumières pendant le filage, c'est juste pas possible, en fait. J'aime autant, merci beaucoup. J'peux te parler Benoît ?

(au bord des larmes) À titre préliminaire j'tenais juste à te dire que je remets absolument rien en question de ta mise en scène que je trouve géniale, tu nous invites à redécouvrir Claudel d'une manière que je trouve hyper intéressante à plein d'égards. Simplement moi, là, je me sens pas dans mon endroit. Je me sens pas à ma place. Et j'ai essayé de m'en servir sur scène, mais pour l'instant, c'est le brouillard... Pardon. *(il sanglote)*

Et je sens qu'Élodie a quelque chose contre moi, je sais pas ce que c'est, ça a peut-être à voir avec l'italienne d'hier... j'ai merdé, j'avoue. Mais là, enfin j'sais pas on parle juste du *Partage de midi* en fait, c'est juste une des plus belles œuvres... juste... tu vois...

Et je peux pas supporter que ce genre de petites histoires insignifiantes vienne entraver ça, quoi, et je… putain pardon j'ai un truc qui monte, je crois que j'ai envie de l'utiliser…

(grandiloquent) « Qu'as-tu fait, qu'ai-je fait cœur de fer ? Parle ! Qu'as-tu à me reprocher ? » (soufflé par l'émotion qu'il s'est lui-même provoquée) Oh la vache.

Christelle

Bah alors comment ça va ? Ouais, m'en parlez pas. Ça fait dix jours que je suis une flaque. Ah, c'est plus la canicule là, c'est… je sais pas quoi mais on tombe sur la tête !

Bon, allez, on file en cabine ?

Soufflez. *(scratch)* En plus, ma patronne est allergique à la clim'. Ma foi, je sais pas, ça lui fait les yeux rouges comme un lapin russe. Bah du coup… hihi c'est une expression de ma maman ! Soufflez. *(scratch)* Bah du coup on est obligés d'utiliser le ventilateur. *(scratch)* Mais bon c'est pas pareil, quoi. Soufflez. *(SCRATCH)* Ah ouais, elle était difficile celle-là hihihi. En plus, avec la cire chaude et la machine à UV à côté, aaaaah l'enfer, laissez tomber. À la fin de la journée, je suis KO, je dis à mon amoureux « C'est simple, je bouge plus ! ». Mais bon, on va pas se plaindre, y'a plus malheureux que nous. Y a des gens qui vivent sous les ponts. Soufflez.

Il a quelle forme votre bikini ? V ? Je fais des petites retouches alors. *(scratch ! scratch ! scratch !)* Soufflez !

Séverine

Ça va Jérôme ?! Bah oui écoute hihi, chaudement. Non, elle est partie Sylvie. Ah oui, y a plus que moi, là hihihi.

Une seconde. *(le téléphone sonne)* Cabinet Durand bonjour. Il n'est pas là. Oui, envoyez-moi tout ça par mail, je m'en chargerai. Très bien. Bonne journée !

Elle rentre des Cévennes le 15 septembre, je crois. Ouais, elle avait vraiment besoin de se reposer. Oui. Donc j'ai été arrangeante quoi, j'ai pas de vie de famille, donc forcément c'est plus simple pour tout le monde, si ça se passe comme ça. Et Stéphane, je crois, deux semaines de VTT avec des copains et trois semaines en Corse, il me semble, si mes souvenirs sont bons.

Ah bah oui si, si, si quand même, je prends trois jours du 28 au 31 août pour voir ma mère dans le Jura, parce qu'elle est pas très bien. Donc tu vois c'est quand même…

(le téléphone sonne de nouveau) Cabinet Durand bonjour !

Et le mois d'août ici c'est bien, c'est calme, y'a… les parcs… Tu veux déjeuner ? Avec moi ? Ah d'accord, je comprends. Non, non, mais t'inquiète je vais me faire un… petit truc.

Adélaïde

Era grandioso, Livio ! Comme toujours…

Et si nous allions en Sicile en février ? Lumière hivernale au sommet de l'Etna tous les deux… Ce serait génial non ? En plus j'ai trouvé un site super bien fait, ils organisent toute l'excursion, ils fournissent même les sandwiches et les bâtons de marche. On pourrait dormir sur place, y'a un refuge qui s'appelle Rifugio Citelli, je crois. C'est pas spécialement beau, mais il y a une vue qui est magnifique, alors on se réveillerait comme ça… Puis je dirais à Bruno que je suis en séminaire avec notre contrat pour Saint-Gobain, tu vois, par exemple. On serait des aventuriers. *Gli avventurieri.* Ça te dit pas ? Livio, t'es encore dans la lune *amore.* Mais on peut faire ça à un autre moment si tu n'es pas disponible.

Comment ? Avec ? Bianca… De la boutique ? Celle qui fait les pâtes fraîches ? Mais… pourquoi tu me dis ça comme ça ? Mais non, je t'ai jamais demandé de m'attendre indéfiniment Livio ! Je voulais juste que tu me laisses un peu de temps pour me remettre les idées en place. Là tu me mets au pied du mur, c'est complètement injuste ! Ah tu pars… Eh bien pour ta gouverne, on dit pas la crème et le prix de la crème, mais le beurre et l'argent du beurre ! *(la porte claque, Livio est parti)*

On pose les mains sur les genoux, paumes vers le ciel, et on prend un instant pour se reconnecter à son intériorité et à la Terre Mère. *(s'adresse en chuchotant à quelqu'un qui arrive en retard au cours)* Oui Ludivine, viens, là-bas ! Chut…

Sankalpa, vous fermez les yeux et vous posez une intention entre vos deux sourcils que vous ne quitterez pas pendant toute la durée de la pratique. Les mains se rejoignent sur le cœur en Namasté et on inspire par la narine droite « ida » pour l'énergie solaire.

L'assiette scapulaire se relâche, les index pressent dans le sol, les ischions montent vers le ciel et on se retrouve en Adomunka Svanasana, *downward facing dog*. Pour celles qui sont aujourd'hui dans ce type d'énergie, on se retrouve en Virabhadrasana III pour cinq respirations.

Je déconseille cette position pour celles qui sont en lune rouge parce qu'elle pourrait contrarier votre cycle, et je vous invite à rester en Eka Pada Kapotasana. Maintenant on rétroverse le bassin, les mains se posent sur la terre, index face au mur, bras tournés vers le coin externe de la pièce, le nombril se dépose le long de la colonne et les hanches s'éloignent le plus possible des côtes. Et Utkatasana. Harda Utkatasana, dos droit le versant opposé de l'épaule se dépose sur la cheville interne pour arriver en Parivrtta Trikonasana.

Je vous rappelle que le yoga n'est pas une compétition, et qu'il faut rester humble dans sa pratique.

Vous pouvez désormais vous remercier pour le temps que vous avez consacré à votre corps et nous allons maintenant vibrer sur le son de « om » pour être en harmonie avec la conscience universelle. Namasté.

Jérôme

Bon, je vois que vous êtes nombreuses, que vous avez pris de bonnes résolutions pour la rentrée, c'est cool, ça fait plaisir.

Ouais Delphine, j't'en prie, rentre, tu prends un kettlebell de 12, un extenseur et un tapis, tu viens t'installer où tu veux. Y'a pas de souci ma belle.

Bon j'espère que vous avez pas fait trop d'excès cet été hein, mais on va remédier à tout ça. Qui n'a jamais fait de « All for the butt » que ce soit avec Karim ou avec moi ? Ouais. Ton prénom ? Sonia, ok Sonia.

Alors, moi, c'est Jérôme, et ce qu'on fait ici c'est 45 minutes d'efforts progressifs localisés sur la zone du moyen et du grand fessier, avec aussi un travail sur ce qui va être intéressant pour nous, de l'adducteur et du semi-tendineux, avec du renfo élastique. Ok ?

On va aussi chercher un minimum de cardio en fractionné, parce qu'ici on n'est pas que sur du renfo musculaire poids de corps, on est aussi sur de la sèche. Qui dit sèche dit paradoxalement transpi. C'est bon pour toi ?

Alors, les filles, on enchaîne, dragon squat avec les kettle, kick up, plunch table, des bridge avec les poids, et on termine par des fentes sautées, est-ce que c'est bon pour tout le monde ? Ok nickel c'est parti ! *(il chante en play-back « Djadja » de Aya Nakamura)*

Vous avez choisi ? Oui, le bol du jour c'est Green Bowl. C'est brocolis, nut cheese, sarrasin germé, spinard, radis blanc, noir, chanvre concassé et sauce spiruline. Spiruline ? C'est comme un algue, très bon pour oxygéner les cellules et arrêter le dégradation du corps. Oui, c'est très, très bon ! Par contre, on n'en a plus, je suis désolée.

Ah les nut cheese aussi, c'est fini. On n'a plus le soupe, le avocado toast, le cloud truffle, focaccia noodle, gaufres salées, toute ça c'est terminé.

(elle s'adresse à un collègue) Kate, what do we have left ? Ok.

Je peux faire des chips de kale, c'est du chou déshydraté, graines de tournesol. C'est très bon d'oméga 3. Cool ! Alors on fait les chips, c'est peut-être 35-40 minutes. Et pour le boisson du jour c'est Black coal biodynamic, c'est curcuma, probiotiques, charbon noir.

Est-ce que c'est bon ? Ah… hum… c'est… *detox* !

Franck

(il chante les Faces, musique à fond) « You want her lips, you get her cheek, makes you wonder where you aaaaare… »

Maxence tu m'as encore fait des saucisses là. Tu m'as mis le cabernet franc à 24 il est pas à 24 ! Ah si putain… J'suis bourré moi. Autant pour moi petit père je m'a trompé… « OUHLALAAAAA Ouhlalalaaaalala yeaaaah. »

Bonsoiiiiir *(il baisse la musique)* Pardon pardon. Fin de semaine ! Dites ! Moi ! Tout. Des bulles. Yes évidemment. Alors, j'ai rentré des super bières artisanales d'Île-de-France, haute fermentation bien craftées bien beurrées, de la rose du miel. De très belles blondes aussi là, je dis pas ça pour vous, enfin même si vous êtes très belle… Houuulà, j'ai sorti les rames là. Sinon IPA, cidre, des poirés, des petnat' pas inintéressants là à côté des terrines. Petnat' ? Alors ramtamtamtamtam qu'est-ce que je vais vous mettre *(malaise)*... Là ! Un chenin vin de France, très ludique, élevage neuf mois sur latte, vendange manuelle avec tri à la vigne, c'est des amis qui font ça à côté de Vernou-sur-Brenne... Ah ben de la Loire ! Nul n'est censé ignorer la Loire ! Hinhinhin...

Je vous la rafraîchis vite fait ? Un sac ? Un papier de soie ? Une carte de fidélité ? Un petit saucisson ? Un tire-bouchon de chez nous ? C'est pour moi ? Non ? Eh ben, juste la bouteille, super. À vite ! N'hésitez pas à me faire un retour !

J'ai pas été très dégourdi sur ce coup je crois. T'as rangé les riesling ?

Gaëtan

« Oh Louise, alors le vrai pourrait dans ce seul souffle s'exiler de la Création et le Bien plier la raideur de son cou à une révérence de courtisan ! »

À ce propos... Benoît pardon, j'interromps mais j'y pensais hier soir en longeant les remparts et je vais le regretter si je te le partage pas. Alors, me fais pas de faux procès hein, j'ai toujours adoré la trad de Sylvain Fort tu le sais je le sais, il est impeccable sur Schiller, et je pourrais tenir la nuit sur son taf avec Goethe. No problemo je remets rien en question. Mais, juste là « révérence », c'est pas assez véhément. Je vous fais pas l'affront de vous rappeler qu'on est dans le courant Sturm und Drang, la Tempête et la Passion... Y'a des revendications d'ordre esthétique certes, mais y'a aussi et surtout une lutte contre l'oppression féodale, et faut que ça résonne. Sinon on est pas en dissidence avec le Saint-Empire romain germanique et tout va pour le mieux en Westphalie tu vois ce que je veux dire ? Ben pour moi, faut remplacer « révérence » par « courbette », c'est juste limpide en fait. T'y penses ?

Milou ? Je peux te piquer un peu de tabac ? Je pense que je l'ai un peu bousculé Benoît, il cogite là... Un metteur en scène qui cogite pas est un metteur en scène mort non ? Hahaha. On a combien de résas pour ce soir ? Seize ou sept ? Ok... Peut-être on retourne tracter un peu alors non ?

Isabelle

Étienne ! Sixtine ! Vous venez déjeuner pour la trois cent quatre-vingtième fois ou merde ? Xav' tu nous apportes le melon s'il te plaît. C'est un fruit à chair orange que j'ai préalablement découpé en quartiers et qui se trouve sur un plat en faïence... Ah ! Mais comment tu as fait pour trouver j'ai épousé un Prix Nobel en fait ! C'est fou ça.

Sympa le déjeuner en famille, chacun son portable, son journal. Xav' alors ce *Challenges* spécial plus grandes fortunes de France ? Ils t'ont encore oublié les salauds ? Ah tiens c'est Constance, bah je me gêne pas alors hein, puisqu'on en a plus rien à foutre de rien.

Comment tu vas ? Écoute les vacances ; je m'occupe de tout, mais dans une autre baraque hinhinhin. Puis je pensais avoir fait deux enfants, en fait j'en ai trois. Oui mais alors lui il est plus bedonnant et plus poilu que les autres.

Et encore moins souriant ce qui relève de l'exploit. C'est pas mon préféré houhouhou. Mais quoi tu es à Ramatuelle là maintenant ? Mais si, mais si, je vais faire ça. Complètement.

Xav', les enfants, je prends la voiture, je reviens dans vingt-quatre heures, ou quarante-huit heures, vous vous démerderez. C'était pas une question Xav'. Parce que vous me faites. Tous. Chier. Voilà pourquoi.

Allez, salut les nazes.

Anne-Laure

T'as choisi ? Alors moi je vais prendre une salade du marché mais sans sauce, rien. Et un quart Vittel.

T'as vu des choses intéressantes dernièrement ? Ouais alors Serge m'a emmenée voir le dernier Keersmaeker, écoute, c'est drôle, on n'est ja-mais d'accord sur elle. Lui il la porte aux nues et, moi, je trouve ça dogmatique. Bah en fait ce systématisme de la résonance forme-structure-émotion à un moment j'ai envie de dire « change de disque ma vieille », tu vois ? Puis ton exégèse d'Heiner Müller il y a un moment on en a soupé quoi, le pauvre, laisse-le reposer à Dorotheenstadt, tranquille. Par contre, je suis bien plus nuancée sur Rodrigues, tu vois, c'est marrant comme on change. Bah en fait, c'est une écriture de plateau qui s'inspire – j'ai l'impression – du *Rivage des Syrtes meet Oncle Vania*, mais j'ai pas reconnu la traduction de Markowicz donc ça doit être la sienne. Ce qui est pas plus con, parce que tu t'évites l'herméneutique des apôtres de Tchekhov, tu vois ce que je veux dire. En fait c'est marrant, je me rends compte que maintenant que ce mec il injecte du cabalistique là où tu t'y attends pas et je sais pas pourquoi putain, ça me séduit. Par contre, son éclairagiste faut qu'il le vire. J'en peux plus de son formalisme.

Ah c'est la salade ! Nickel, merci beaucoup.

Bon et la rentrée littéraire alors, t'en as pensé quoi ?

Cet ouvrage a été achevé d'imprimer
par CPI Firmin-Didot au Mesnil-sur-l'Estrée
pour le compte des éditions Grasset
en octobre 2022.

Composition et mise en pages
Nord Compo à Villeneuve-d'Ascq

PAPIER À BASE DE
FIBRES CERTIFIÉES

Grasset s'engage pour
l'environnement en réduisant
l'empreinte carbone de ses livres.
Celle de cet exemplaire est de :
450 g éq. CO_2
Rendez-vous sur
www.grasset-durable.fr

N° d'édition : 22639 – N° d'impression : 171502
Dépôt légal : novembre 2022
Imprimé en France